榎本好宏

名句のふるさと

飯塚書店

目次

立春の米こぼれをり葛西橋

石田　波郷

荒川べりの船だまりには釣り人も。→

昭和二十一年一月、石田波郷は、疎開先の埼玉県から妻子を伴って上京、葛西橋近くの義兄の家の二階に、取りあえず腰を落ちつけた。この年は、春になってよく雪が降ったと言う。

葛西橋は荒川の下流に架かる橋。昭和三十八年に数百メートル下手に架けかえるまでは、現在の清洲橋通りの延長に架かる粗末な木造の橋だった。食糧の遅配、欠配に悩む東京都民が、千葉県へ買い出しに出かける要路にあたってもいた。当時を知る人の話によると、重いリュックを背負った行列が、葛西橋から都心へ、ひきもきらなかったと言う。

波郷の仮住まいからも葛西橋が望めたし、自身も何度かこの長い橋を渡ったのだろう。立春。暦の上とは言え、降りそそぐ光は一段と明るさを増すが、一年ほど前に陸軍病院を退院した波郷には、風が冷たかったに違いない。

そんな日の葛西橋に、わずかにこぼれた米が白く光っていた。食糧難の時代、波郷には驚きだったことだろう。

↑昭和38年に架けかえられた葛西橋。

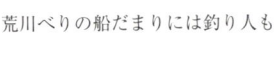

そんな思いが、この一句に込められている。

敗戦直後の焦土の中の庶民生活が詠われた句集『雨覆』（第四句集）の世界が始まっていたが、波郷自身も病気と生活苦、切迫した気持ちでいたのだろう。やはり当時、こんな句も作っている。

細《ささめ》雪《ゆき》妻に言葉を待たれをり

波郷の上京を待っていた連衆によって雑誌「鶴」復刊の話が持ち上がり、三月に入ってその第一号が出た。復刊に合わせるように、三月十日、葛西の仮住まいから、城東区（現江東区）北砂町一丁目に波郷は転居している。「左隣が志演《しのぶ》神社、右隣が妙久寺、どちらを見ても焼跡ばかりで、表には岳父の営む吉田瓦店があるだけであった」（村山古郷著『石田波郷伝』）。その真ん中に波郷の住まいがあり、今は史跡としての案内板だけが残っている。

波郷が後によく使ったペンネーム「志演《しのぶ》二郎」は、左隣の志演神社にちなんだもの。昭和二十三年に

霜の墓抱き起されしとき見たり

と詠んだ一句は、自宅病室から望める右隣の妙久寺の墓域だった。この妙久寺には、転居したころ詠まれた

蘩《はこ》蔞《べら》や焦土のいろの雀ども

の句碑もある。昭和三十四年十月に「鶴」江東支部の人達の手で建てられたものだ。

引っ越して五日目に長女が生まれた。焼跡のところどころに出来た水たまりも水温《ぬる》む季節。温子《はるこ》と命名された。

妙久寺。波郷の句碑と波郷が病室から眺めた墓域がある。↓

↓木洩れ日の奥に志演《しのぶ》神社。

淡雪やBarと稲荷と同じ路地

安住　敦

↑横丁入り口にある幸稲荷。秋には銀杏の黄葉が見事だ。

今日の花 明日の花

著者：青柳志解樹

俳壇の植物博士が、花が活きた名句を鑑賞、考察。

A5判上製　264頁

発行：2005/09　ISBN978-4-7522-2045-9

定価2400円（税別）

俳句列島日本すみずみ吟遊

著者：黒田杏子

俳人杏子の集大成。圧巻の豪華著名人と対談掲載。

A5判上製　392頁

発行：2005/11　ISBN978-4-7522-2046-6

定価3200円（税別）

紙の碑―秋灯かくも短き詩を愛し

著者：寺井谷子

谷子俳句の原風景。父横山白虹、母房子のこと…。

Ａ５判上製　240頁

発行：2006/07　ISBN978-4-7522-2049-7

定価2476円（税別）

名句のふるさと

著者：榎本好宏

名句発生の現場の写真と解説。吟行に役立つ本。

Ａ５判並製　112頁

発行：2010/02　ISBN978-4-7522-2057-2

定価1500円（税別）

坊城俊樹の空飛ぶ俳句教室

著者：坊城俊樹

虚子の曾孫が俳句の本質を真摯に、過激に語る。

四六判並製　240頁

発行：2009/04　ISBN978-4-7522-2055-8

定価1600円（税別）

歳時記の小窓

著者：山内繭彦

歳時記にある謎をはらんだ季語に注目、解説。

四六判並製　280頁

発行：2015/04　ISBN978-4-7522-2074-9

定価1800円（税別）

● 句集『三代』

星野立子・椿・高士

発行：2014/06　ISBN978-4-7522-5003-6

定価1800円（税別）

● 句集『坊城俊樹句集』

坊城俊樹

発行：2014/08　ISBN978-4-7522-5004-3

定価1500円（税別）

● 『和田悟朗全句集』

藤川游子・久保純夫

発行：2015/06　ISBN978-4-7522-5005-0

定価10000円（税別）

● 句集『南溟北溟』

榎本好宏

発行：2015/06　ISBN978-4-7522-5006-7

定価1500円（税別）

記載されている情報は、2017年1月現在のものです。

江戸期の俳人たち

著者：榎本好宏

近世の代表的俳人たちの代表作とその鑑賞、さらに人となりまでを紹介。

四六判並製　216頁　　定価1600円（税別）

発行：2008/01　ISBN978-4-7522-2052-7

宮沢賢治の全俳句

著者：石　寒太

賢治も俳句を作っていました。従来のハイクではない賢治の独特の世界を堪能して下さい。

四六判並製　128頁　　定価1000円（税別）

発行：2012/06　ISBN978-4-7522-2064-0

懐かしき子供の遊び歳時記

第29回俳人協会評論賞受賞作　著者：榎本好宏

「貝独楽」「お手玉」「リム回し」「筍しゃぶり」などなど。戦中、戦後世代には懐かしい昭和の遊びが蘇ります。

四六判並製　200頁　　定価1500円（税別）

発行：2014/02　ISBN978-4-7522-2070-1

俳句の玉手箱

著者：黒田杏子

モンペスタイルがすっかりお馴染みになった人気俳人黒田杏子のすべてが分かる、俳句エッセイ。

四六判並製　224頁　　定価1600円（税別）

発行：2008/03　ISBN978-4-7522-2053-4

季語で読む 源氏物語

著者：西村和子

季語という視点から源氏物語のエッセンスを読み解いた、日本人の季節感の原点を喚起する画期的書。

四六判並製　224頁　**定価1800円（税別）**

発行：2007/09　ISBN978-4-7522-2051-0

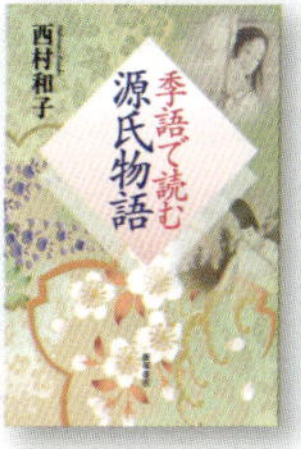

季語で読む 枕草子

著者：西村和子

清少納言の華麗な季節描写、機知に富む振舞いを、俳人の視点で解き明かした新しい枕草子解釈本。

四六判並製　144頁　**定価1200円（税別）**

発行：2013/04　ISBN978-4-7522-2067-1

季語で読む 徒然草

著者：西村和子

兼好法師の無常観は机上の空論ではなく日本の季節と風土に密着した経験から生じた―はじめにより

四六判並製　200頁　**定価1600円（税別）**

発行：2016/09　ISBN978-4-7522-2079-4

奥の細道 現代語訳・鑑賞

著者：山本健吉

芭蕉を探求し続けた詩歌評論第一人者の現代語訳と鑑賞が際立つ。さらに秀逸な「軽み」の論も収載。

四六判上製　320頁　**定価2400円（税別）**

発行：2010/01　ISBN978-4-7522-2056-5

水原秋櫻子の１００句を読む

著者：橋本榮治

山本健吉に「きれい寂《さ》び」と称された秋櫻子の生涯を馬酔木の代表俳人が辿る。

四六判並製　216頁　**定価1500円（税別）**

発行：2014/06　ISBN978-4-7522-2072-5

高柳重信の１００句を読む

著者：澤　好摩

多行俳句の開拓者として俳壇に次々と波紋を広げ今尚その作品が羨望の的である重信、遂に登場。

四六判並製　200頁　**定価1500円（税別）**

発行：2015/12　ISBN978-4-7522-2076-3

虚子編『新歳時記』季題１００話

著者：深見けん二

今でも市販される虚子編『新歳時記』に掲載の季題（季語）を掘り下げて考察。近年にない達意の随筆。

四六判並製　216頁　**定価1500円（税別）**

発行：2014/04　ISBN978-4-7522-2071-8

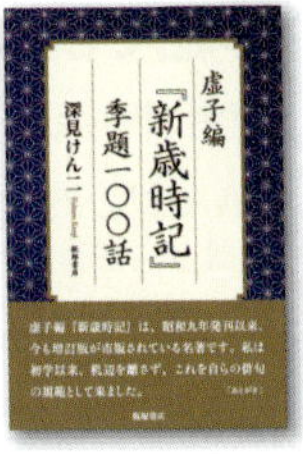

共に歩む―横山白虹・房子俳句鑑賞

著者：寺井谷子

新興俳句の旗手として活躍した横山白虹と妻房子の実績とその秀句を現「自鳴鐘」主宰の娘が紹介。

四六判並製　152頁　**定価1700円（税別）**

発行：2015/05　ISBN978-4-7522-2075-6

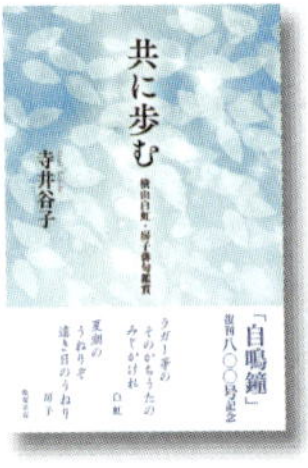

金子兜太の１００句を読む

著者：酒井弘司

「海程」創刊同人が、誰も踏み込むことの出来なかった兜太句の深淵を明らかにしました。

四六判上製　264頁　**定価1886円（税別）**

発行：2004/07　ISBN978-4-7522-2043-5

石橋秀野の１００句を読む

著者：山本安見子　監修：宇多喜代子

俳句文学史の空白であった秀野の生涯を、一人娘の著者がそのすぐれた作品と共に解き明かします。

四六判並製　200頁　**定価1500円（税別）**

発行：2010/08　ISBN978-4-7522-2060-2

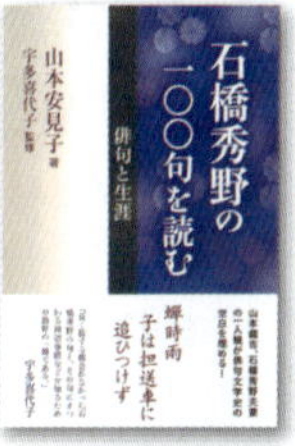

山口誓子の１００句を読む

著者：角谷昌子　監修：八田木枯

八田氏が選句。角谷氏がその魅力を余すことなく批評、鑑賞。誓子評論としても高評価を得た書。

四六判並製　224頁　**定価1500円（税別）**

発行：2012/07　ISBN978-4-7522-2065-7

加藤楸邨の１００句を読む

著者：石　寒太

人間探求派俳人、楸邨に師事した著者が絞り込んだ100句を批評、鑑賞。新たに発見した17句も紹介。

四六判並製　232頁　**定価1600円（税別）**

発行：2012/12　ISBN978-4-7522-2068-8

夏風先生の俳句道場

著者：斎藤夏風

作句に実際に役立つ入門書が欲しい、という多く俳句実作者の声を受け夏風先生が応えました。

四六判並製　160頁　**定価1300円（税別）**

発行：2013/05　ISBN978-4-7522-2069-5

クイズで楽しく俳句入門

著者：若井新一

俳句を始めてみようと思い立ったらまずこの一冊。問題と解答だけでなく体系的な解説も有効。

四六判並製　224頁　**定価1500円（税別）**

発行：2012/09　ISBN978-4-7522-2066-4

ポイント別俳句添削講座

著者：原　雅子

秀句完成のために欠かせない推敲添削の技法を体系的に解りやすくまとめました。

四六判並製　200頁　**定価1300円（税別）**

発行：2014/11　ISBN978-4-7522-2073-2

季語を味わう

著者：倉橋羊村

季語が活かされている俳句を選び、鑑賞から作句の秘訣までを明解しました。

四六判上製　216頁　**定価1886円（税別）**

発行：2006/03　ISBN978-4-7522-2047-3

俳句用語辞典〈新版〉

監修：有馬朗人・金子兜太

俳句に使われる使用頻度の高い、歳時記にない言葉を蒐集した画期的大辞典。改訂して更に充実。

A5判箱入り　560頁　　定価4000円（税別）

発行：2005/01　ISBN978-4-7522-2044-2

俳句技法入門〈新版〉

編著：飯塚書店編集部

俳句上達のためのあらゆる技法を、徹底した秀句分析により体系的に説明した編集部編ならではの書。

四六判並製　224頁　　定価1600円（税別）

発行：2016/01　ISBN978-4-7522-2077-0

俳句文法入門〈改訂 新版〉

編著：飯塚書店編集部

作句に必要な文語文法を、言葉の働きから使い方まで、例句と図表を挙げて、詳細に徹底的に解説した。

四六判並製　216頁　　定価1600円（税別）

発行：2016/07　ISBN978-4-7522-2078-7

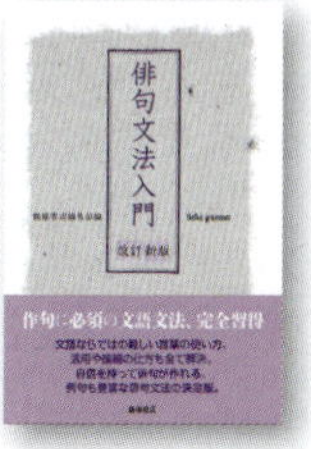

いまさら聞けない俳句の基本Q&A

著者：小島　健

作句の壁にぶつかったときに必要な、実作に欠かせない基礎知識を改めて学べる実作者必読の書。

四六判並製　240頁　　定価1600円（税別）

発行：2008/08　ISBN978-4-7522-2054-1

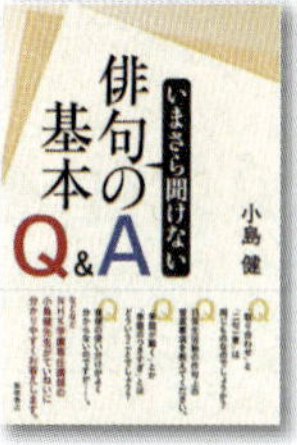

俳句関連書目録 2017

飯塚書店

●飯塚書店の本のご購入

●全国の書店でご購入・ご注文いただけます。

●飯塚書店への直接注文も承ります。

(当目録の定価表示は税別です)

●直接注文の方法

●電話…03-3815-3805　FAX…03-3815-3810

●WEB・・・小社ホームページの「本のご注文」ページよりお願いいたします。http://izbooks.co.jp

●代金のお支払い方法

●郵便振替…ご注文の本と一緒に郵便の振替用紙を同封いたします。到着後10日以内に郵便局にてお振り込み下さい。
（送料は一律200円。ご購入定価合計3000円以上の場合は送料サービスいたします）

株式会社　飯塚書店

〒112-0002東京都文京区小石川5-16-4
電話03-3815-3805　FAX03-3815-3805
http://izbooks.co.jp　iizuka@izbooks.co.jp

iizuka-shoten.co.,ltd

かつての銀座には、社用族で賑わう表通りと、路地路地に酒場が軒を連ね勤め帰りのサラリーマンで賑わう裏通りの、二つの夜の顔があった。

安住敦の一句に出てくる稲荷横丁もその裏通りの顔だった。京橋寄りの銀座一丁目の、幸《さいわい》稲荷の奥の横丁は、わずか三十メートルほどの間にバーや小料理屋がひしめき、夜の嬌声が絶えなかった。安住敦の弟子で、俳人の鈴木真砂女の小料理屋「卯波」もその一つで、ここだけは石田波郷始め多くの俳人たちが、真砂女の徳を慕って通ってきていた。

「地上げ騒動の前は十数軒の飲み屋、バーなどがあって、いつとはなしに稲荷横丁と呼ばれ、日暮れとともに常連で賑わっていた。従業員とも五人は私の店だけで、隣はママと娘さん、向かいの二階のバーはママとホステスで、あとの九軒はママ一人でやっている」

真砂女は、その著書『お稲荷さんの路地』の中でこう書くが、当時の銀座裏の典型がここに描かれている。

昭和三十八年の久保田万太郎の突然の死で、俳誌「春燈」主宰の座は、名編集長、名番頭と言われた安住敦に移った。万太郎の仏前で開いた同人会議でも、誰一人、安住敦の主宰に反対するものはなかったと言う。

掲出の一句が出来たのも、それから間もないころ、「卯波」へ時々顔を見せた折のもの。Barという表現も俳句には珍しいが、この一句の眼目は、バーと稲荷といったおよそつり合わないものが同じ路地に存在することの妙だろう。だが、もっと言えば、稲荷という、どちらかと言えば地域社会に密着した存在を見せることで、いっぺんに路地が庶民的になってくることだろう。

その安住敦も昭和六十三年に他界した。真砂女の追悼句は〈師を逝かすこの長梅雨を憎みけり〉だった。

くだんの稲荷横丁は、たった四軒の路地となったが、今年九十一歳の真砂女の「卯波」は殷賑《いんしん》を極めている。

↓かつて賑わった稲荷横丁も、今では「卯波」以下４軒の店しかない。

蜆《しじみ》とる浅草川や春寒し

岡野知十《ちじゅう》

↑吾妻橋上から見た浅草の新しい顔と古い顔。中央の金色の造形物はビール会社のもの。

←隅田川は、今でも物資運搬には欠かせない水路。

日本の大河の大方は、流れに沿うて風土と同化しながら、その都度名前を変えて流れ下る。秩父の主峰・甲武信岳に源を発した荒川も、そんな川の一つだった。『風土記稿』なる文献には、「秩父の山中を経て、入間郡川越をすぎ、中仙道熊谷堤の下を流れ、豊島郡戸田の渡・岩淵・川口・尾久をすぎ、千住に至る、その下流を隅田川と唱ふ」と出てくる。当時殷賑《いんしん》をきわめた戸田、千住辺りの荒川は、別の名を戸田川、千住川と言った。

さて、本題の隅田川（墨田川、角田川とも書く）だが、浅草辺りを流れる折は、この一句に詠まれたように浅草川とも呼ばれたし、浅草寺周辺の古い地名「宮戸」をもらって宮戸川とも呼ばれた。更に下流では両国川の異名もあった。

その浅草川で蜆を獲ったというのだから耳を疑いたくもなるが、岡野知十が詠んだのが明治時代の後期だと言われているから、当時は清流が流れていたに違いない。吾妻橋の上に立ち、船の往来を眺めていると、鋤簾《じょれん》で川底を掻きながら、蜆を獲っている漁師の姿が彷彿《ほうふつ》としてくるから不思議である。

有名な宝井其角の「白魚をふるひ寄せたる四つ手かな」の一句も、この辺りの川の四つ手網漁を描写したもの。また、今ではまったく知られない、美味な魚「紫鯉」も、白魚と並んで浅草川の特産品だった。その様子は『江戸名所図会』にも、「浅草川、隅田川の下流にして、旧名宮戸川と号す。白魚、紫鯉の二品を此河の名産とす。美味にして是《これ》を賞せり」と出てくる。だから、川柳にも「鯉迄もむらさきになる江戸の水」と茶化される始末。ただし、庶民の紫鯉の漁は当時禁じられていたから、羨望《せんぼう》の思いも加わって、紫鯉の評判はいやがうえにも上がった。

浅草と言えば、もう一つ評判だったのが、浅草の名を冠した海苔だった。その海苔もこの浅草川で採れたと物の本にはある。となると浅草から海までは、よほど近かったに違いない。元禄のころと言うから、時代も相当古くなるが、海苔がこの川で採れなくなり、生海苔を品川から取り寄せて干し海苔を作ったと、これも物の本にある。

作者の知十は、九歳の明治元年、函館から上京、東京で学問を修め、後に函館新聞の主筆として北海道に帰っている。当時、正岡子規率いる日本派に対して、角田竹《かくたちく》冷《れい》を中心とする秋声会に属し、俳句の革新を企図したが、知十の目に浅草川の蜆獲りはどう映ったのだろう。

↑浅草の名物「駒形どぜう」。左の石碑に久保田万太郎の句が書かれてある。

↓雷門の辺りは、大勢の観光客で賑わう。

腸《はらわた》に春滴るや粥の味

夏目　漱石

→川原で病気の父の体を洗う少年の孝心に打たれ、独鈷で霊泉を湧かせた弘法大師の「独鈷の湯」。

十年以上も胃病に悩まされた漱石は、ついに胃潰瘍の宣告を受け、医師の勧めで修善寺温泉で養生することになった。松山時代の教え子で、当時北白川宮家の御用掛だった松根東洋城の手引きで、明治四十三年八月六日、同温泉の老舗「菊屋」に入った。

漱石の体調は案に相違して、到着した翌日から悪化、この月の二十四日には五百グラムの吐血があって、一時は危篤状態となり、京都から安倍能成らがかけつけもしている。以後四十日寝たきりの状態が続く。

『修善寺日記』には、この辺の事情が克明に書かれてあって、粥が初めて食膳にのぼったのは九月十七日だった。漱石の餓鬼道は昂じ、十月四日の頁には「夜は朝食を思ひ、朝は昼食を思ひ、昼は夕飯を思ふ。……余は今食事の事をのみ考へて生きてゐる」と続く。

漱石が菊屋に到着して一日を過ごした「梅の間」は今も残っていて、この旅館を訪うた文人墨客の愛用品が飾ってあるコーナーから硯一面をこの部屋の机上に移せば、そこに漱石の後ろ姿が澎拝《ほうはい》としてきそうである。

このあと漱石は、十月十一日の帰京まで、同旅館の新館の一室で送ることになるが、これは十数年前の伊豆地震をきっかけに、修善寺の上手にできた虹の郷敷地内に漱石庵として移築された。『修善寺日記』の同じ十月四日の頁に「残骸猶《なお》春を盛るに堪へたり」の詞書があって、「甦へる我は夜長に少しづゝ」「骨の上に春滴るや粥の味」の二句がしたためてある。ただ、前句は季語が「夜長」だから詠んだ日は暦通りなのに、後句は「春滴る」だから、この並列をどう解釈したらよいのだろう。

ついでながら触れると『漱石俳句集』には、『修善寺日記』同様の「骨の上に」と、この初案を深めた「腸《はらわた》に」の句が併記してある。よく話題になる春の句を、なぜ秋に作ったかの疑問よりも、私には「骨の上に」を、なぜ、「腸《はらわた》に」に改めたかの方が興味がある。「骨の上に」だと、漱石の境涯の中でしか機能しないが、「腸《はらわた》に」だと、人間の普遍の感慨に連なる。だからといって、漱石は「骨の上に」の思いも捨てなかった。わずか二か月余の逗留だったが、死と向き合うことで漱石文学はいっそう深まった時期。二句の差違もまた、その辺に理由がありそうだ。

↑修善寺公園裏手から見渡せる富士山。

↘修善寺に逗留中、漱石が愛用した硯。
↓漱石が第一日を過ごした修善寺の旅館「菊屋」の梅の間。

春昼やものの細かき犬ふぐり

松本たかし

五、六十年も前のことだから仕方ないが、鎌倉から松本たかしの足跡が完全に消えていた。「鎌倉駅から歩いて行って、滑川の華の橋を左に折れ、浄明寺の谷戸の奥の藁葺き屋根の家、くらいの記憶しかありませんね」「枯葎《かれむぐら》をかき分けてお邪魔した覚えがあります」——たかしを知る人達の記憶も薄れ始めている。

　たかしは明治三十九年、宝生流の能の名人、松本長《ながし》の長男として生まれた。代々宝生流の座付の名門だから、当然のことのように幼時から能を仕込まれ、家名を継ぐ運命にあった。しかし蒲柳《ほりゅう》の質《たち》のたかしは、名跡を継ぐことを断念し、高浜虚子の門をたたき、俳句の道を選んだ。

　大正十五年、たかしは虚子の膝許の鎌倉の浄明

↓滑川にかかる華の橋のたもとには、庚申塔や道祖神が並ぶ。

寺谷戸に藁葺の小庵を結び、虚子の影響を色濃く受けた。

「この辺りは、いまでこそ家が建て込んでいますが、当時は藁葺きの民家がごくわずかあっただけで、ほとんどが田圃でしたよ」。土地の古老はこんな風に話してくれたが、掲出句も、そんな田圃の耕しの始まった頃の、畦に一面かれんな花をつけていた犬ふぐりを詠んだものかも知れない。「ものの細かき」と把握したところ、枯れ枯れとした風景の中に萌え始めた〝命の息吹〟が感じられる。またこの一句には、たかし特有の「細み」の美も息づいている。

たかしの庵の近くの浄明寺は、鎌倉五山の五位の寺で、足利義満が五山の制を定めた至徳三年（一三八六）頃は、七堂伽藍が完備し、塔頭《たっちゅう》も二十三院を数えたと言われる。しかし、相次ぐ災禍で消滅し、現在は総門に本堂、客殿、庫裡のみの、小ぢんまりした伽藍になっている。この付近を散策すると

とっぷりと後暮れゐし焚火かな

鍬音の露けき谷戸へ這入り来し

と、日常の起居を詠んだたかしの句に、引き込まれていく。浄明寺の谷戸の入口の、滑川にかかる華の橋のたもとには、古い庚申塔や道祖神が並び建つが、その脇に人待ち顔に立つたかしのしょうしゃな姿も想像できる。

北条政子が、白絹で覆って雪見の景を楽しんだと言われる衣張山も、芽吹きの盛りで、たかしと並んで見ることが出来た。これもたかしの余慶かも知れない。

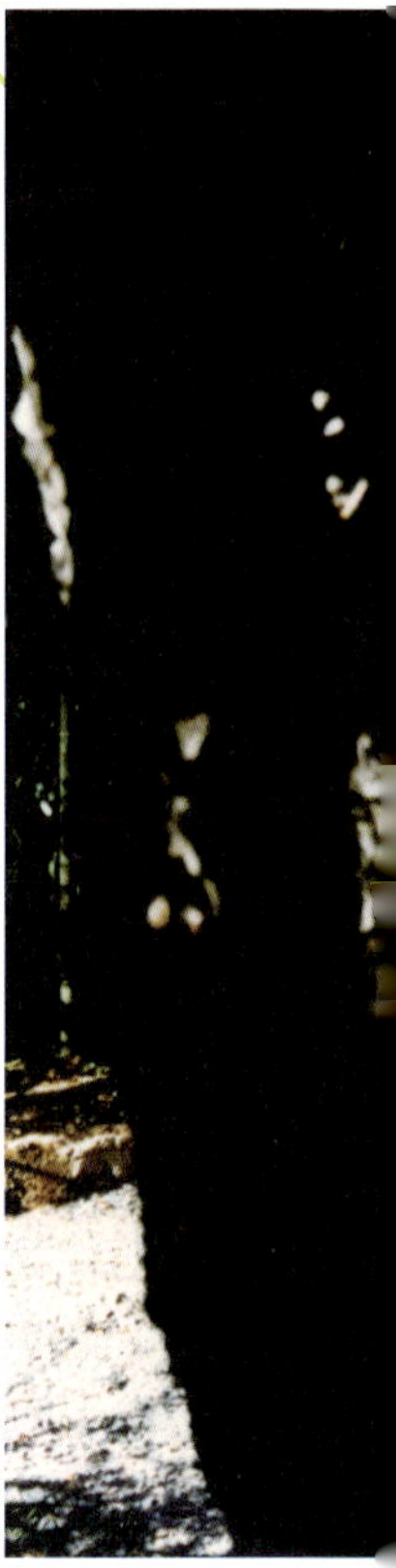

↑浄明寺境内は手入れがゆき届き、花塚には年中季節の花が絶えない。

↓十一面観音で知られる近くの杉本寺には、巡礼が大勢やってきていた。

→暖かい日だまりには、すでに犬ふぐりがかれんな花をつけていた。（杉本寺で）

方丈の大《おお》庇《びさし》より春の蝶

高野素十《すじゅう》

この一句には「竜安寺」の前書きが付く。正確には大雲山竜安寺で、徳大寺家の別荘だったものを、宝徳二年（一四五〇）に細川勝元が譲り受けて創立した臨済宗妙心寺派の禅寺。方丈（本堂）の前庭には石庭の名で知られる「虎の子渡し」がある。大小十五の石を三群に配し、一面に白砂を敷きつめた、枯山水式石庭で、相阿弥の作と伝えられる。

竜安寺へは、昭和二年の四月、同門の三宅清三郎を伴って訪うている。恐らく、方丈の縁に腰を下ろし、春の日差しに輝く石庭を飽かず眺めながら、その長い時間の中から、石の象《かたち》、石群、離散、遠近、起伏が語りかけてくる不思議の中に素十はいたに違いない。

と、その方丈の深い庇から突然蝶が舞い降りてきた。石庭のたたえる永遠の相。そして蝶の生命の相。素十はある世界を体得したのだろう。

一つ妙なのは、蝶と言えば春の季語なのに、なぜ改めて「春の蝶」と書いたのかである。その点を中村草田男は、「かく表現

↑竜安寺の建物は、どれも屋根のラインが美しい。左が仏殿、右が昭堂。

←竜安寺の方丈にかけられた扁額。前庭の白砂の光が差し込む。

することによって、対照的に、あの庭の存在相が鮮かに暗示されるにいたっている」と謎解きする。しかも草田男は、砂と石と二色の庭の面の冷厳さを強めるためにも、素十の目の前に現れた蝶は黄蝶だと推測する。

素十の師、高浜虚子にも同じ昭和二年に石庭で作った

この庭の遅日の石のいつまでも

がある。四国・松山で行われる関西俳句大会のため西下した虚子は京都に遊んでいるが、その折素十と会っていることが、「ホトトギス」六月号に虚子が書いた紀行文「花の都」の次の一文で分かる。

「土塀で囲うた狭い庭は白砂が敷きつめてある中に四五の石が配置してある許りであつた。見て居るうちに此狭い庭が広大な天地になつて来るといふのは前日に見た素十君の説であった」

石庭の不思議を熱心に説いた師弟の会話が彷彿とする一文である。

掲出の一句について虚子も公《おおやけ》の場で「心服せり」と語ったと言われ、後に四S（秋櫻子、誓子、青畝、素十）の一人としての素十の地位を不動のものにした一句とも言われる。

ちなみに四Sとは山口青邨が、昭和三年秋の「ホトトギス」講演会で語った「東に秋素の二Sあり、西に青誓の二Sあり」が語源で、その四人が活躍した大正末から昭和初期にかけての約十年間を四S時代と言った。

長命だった四人も、昨年九十二歳で亡くなった山口誓子を最後に既にこの世にはいない。

↓方丈の縁に腰を掛け、名苑「虎の子渡し」を眺めていると、永遠の時間に誘い込まれる。

↑飯田家の辺りから少し山を下ると、一面にブドウ畑が広がる。

春の鳶寄りわかれては高みつつ

飯田　龍太

次兄の病死、続く長兄と三兄の戦死で、昭和十九年、龍太は父・蛇笏のいる故郷、山梨県境川村に戻った。和牛と朝鮮牛各一頭を飼い、田畑八反余のほかに、戦時中の開拓地一町歩を耕作していた。その成果をまとめた論文「馬鈴薯栽培法」を、「農業世界」の募集に応募したところ一等に入選、全国から問い合わせが殺到し困惑した話を龍太は、後刻どこかに書いている。

そんなある日龍太は、村で見かけぬ青年に声をかけられた。久しぶりに会う中学時代の同級生で、工科を専攻し天龍川の奥で働いたり、日活映画の助手をしたりしていたこの青年、体をこわして古里に帰ってきて、今はこの村の小学校の教師をしていた。美少年の面影は既になかったが、おのおのの来し方を語り合う二人の上を、二羽の鳶が鳴きながら弧を描いていた。二十六歳の時だった。概略こんな風なことを、龍太は自句自解に書いている。

学業を終え、互いの人生を歩み始めていた二人の間で、長かった戦争のこと、失った身内のこと、文学のこと、そして今青年として何をしなければならないかが、熱っ

ぽく語られたに違いないことは、「高みつつ」の表現に見て取れる。

この一句、雑誌に発表されたときの初案では

春の鳶寄りてはわかれ高みつつ

だった。それを「寄りてはわかれ」では、中だるみする、として、『百戸の谿』入集に際して掲出の形に改めている。

初案の形では、「寄りては」「わかれ」「高みつつ」と、確かに動詞の作用が分散してたるむが、「寄りわかれては」と複合動詞にまとめることで律が生じ、更に「高みつつ」に導かれる鳶の姿が、具体的な景として見えてくる、と私は思う。

集名の「百戸の谿」については、龍太自身が「あとがき」に、こんな風に書く。

「生れてから三十余年の今日まで、その大部分を過した渓谷の部落は、おおむね百戸ばかりである。眺められる自然の風光に、さしたる変化が見られないごとく、恐らく、三十年前の戸数に、何ほどの数も加へられてはゐまい。録した作品の過半を生んだこの地にちなんで書名とした」

昭和二十年の甲府空襲で印刷所が全焼して休刊していた「雲母」も、この年、東京で復刊した。翌二十二年、折口信夫博士の勧めで再度上京、国学院大学を卒業している。卒業論文は「芭蕉の悲劇性の展開」だった。

←多くの名作が生まれた飯田家の裏庭。とりどりの春の花が盛りだった。

→飯田家では、目的に合わせてたくさんの竹ぼうきが作られる。

←式台に腰を掛け、春の庭を眺める飯田龍太と筆者。

↓七畳小屋辺の廃屋に近い農家の作業小屋。桂郎も毎日目にしていたに違いない。

←周辺に竹藪が多い。そろそろ「竹の秋」の季節。

裏がへる亀思ふべし鳴けるなり

石川　桂郎

春の季語に「亀鳴く」というのがある。亀には声帯も鳴管も、それに代わる発声器もないから鳴くはずはないのだが、俳句作りは鳴くと信じている。『夫木《ふぼく》集』に藤原為家の歌〈川越のをちの田中の夕闇に何ぞと聞けば亀のなくなり〉があるが、その辺が亀の鳴く由来になっている。

同じように秋の季語にも「蚯蚓《みみず》鳴く」がある。恐らく螻蛄《けら》の鳴き声だろうと言われているが、これも俳人は蚯蚓が鳴くと信じ込んで使う。信じ込んでいるというのも妙だが、亀や蚯蚓が鳴くと思うことで、そこにユーモアが生じる。そのことが俳諧の持つおかしみに通じるとすれば、物事の事実より俳句作りには重要なのである。

戦災に遭った石川桂郎は、河上徹太郎夫人の世話で、昭和二十一年一月、都下南多摩郡鶴川村能ヶ谷（現在、町田市能ヶ谷）に移った。今でこそ東京のベッドタウンとして家も建てこんでいるが、当時は小田急の電車が一時間に二本通うだけの寒村だった。

昼蛙どの畦のどこまがらうか

桂郎の墓のある相模原市の青柳寺に建つ句碑の一句だが、周囲は、そんな田園風景だったのだろう。

「それから私は隣村の柿生へ引越したが、桂郎さんは尾根の雑木林や麦畑を抜けてよく遊びに来た。その辺は私の小寿（綬）鶏や山鳩の猟場だつた。然し胸の病の前歴を持つ桂郎さんは、猟の御供はおろか、この多摩丘陵の低い山道を越えるのが苦しさうだつた。それでもうちへ来るとよく飲んで好きなことをいつて帰つていつた」

親交のあった河上徹太郎氏は、雑誌「俳句」昭和五十一年三月号の追悼号にこう書く。

その桂郎が、同四十九年に食道ガンの宣告を受け、仕事場兼住居にしていた〝七畳小屋〟に寝つくことになる。ベッドに横たわった桂郎は、裏がえってもがき続ける亀の姿を自らの姿に重ねながら、ユーモラスな季語「亀鳴く」を引用した。聞こえるはずのない亀の鳴き声が、桂郎の耳には本当に届いていたのかも知れない。

初案は

裏返る亀思ほゆに鳴けるかな

だったが、「亀思ほゆに鳴けるかな」では、桂郎と亀が一体にならない。

五十年十一月六日、永眠。以後、桂郎の辞世の句のごとく、広く人々に口遊《くちずさ》まれている。

〝七畳小屋〟のあった辺りは、桂郎夫人のきみさんが案内してくれた。

↓青柳寺の墓域の高みに「昼蛙……」の句碑がある。

↓桂郎の墓と句碑のある青柳寺は、桂郎の友人、八幡城太郎氏が住職をしていた。

↓桂郎夫人のきみさんが七畳小屋辺を案内してくれた。

ひらく書の第一課さくら濃かりけり

能村《のむら》登《と》四郎《しろう》

父母の相次ぐ死と、家の没落、長兄との別離——わずか三年の間に襲った不幸のどん底の中で、国学院大学を出て間もない能村登四郎は、新設されたばかりの学校（現在の私立市川学園）の教壇に立った。昭和十三年、二十七歳の時だった。

　この一句は、そんな教師生活の中で、毎年定めのようにやってくる教師の感慨を詠んだ一句。自句自解にこんな風に書いてある。

「教師という仕事をしている時に一番いやなものは卒業期である。生徒を学園から送り出して、また一年生に戻ることである。それはちょうど渡し舟が客を載せて向う岸に着き、空の舟に棹をさしてまたもとの地点に戻ってくるのに似ていた。そんなことを幾年も繰返しているうちに、自分が世の中からとり残されていくようないらだちを感じた」

↓能村登四郎が40年間勤めた市川学園。男子校だけに、放課後の校庭は活気がある。

←「さくら」の一句は、市川学園（右側）の窓の下を流れる真間川を見ながら作られた。

受験了へ不安聊か髪を刈る

よき教師たりや星透く鰯雲

教へ子の赤き羽根なり重ね挿す

苗市に教へ子とその幼な妻

今日の授業に誤ちありし青葉木菟

教師生活が克明に写し取られている『咀嚼音』から五句を抽いたが、優しい教師だったに違いない。この教師生活は、

冬いちばん寒き日ならむ職を辞す

の一句を残して、昭和五十三年に学校を去るまで四十年間続いた。

　掲出句の自句自解は更に続いている。

「四月の新学期になってまっさらな新入生を迎えるときになると、やはり心が朗らかにな

る。（中略）新しい教科書の匂い。たいていは、第一課はさくらか何かを主題にした詩などで授業ははじまる。窓の外には真間川が流れているが、その土堤の桜が白い帯のように長くつながってみえた」

　真間川の真間は市川市の地名。と言うより真間の手児奈（名）伝説として名高い歌枕の地。『万葉集』の虫麻呂歌集の歌によれば、多くの男に思いを寄せられた手児奈が悩んだすえに入水する故事を下敷きにしている。登四郎の一句と真間川の地名を強引に結びつける根拠はまったくないが、「さくら」の言葉の思い中に、その真間の手児奈伝説がまた、ないとも言えない気がする。

→真間の手児奈のために行基が建てたと言われる弘法寺の山門。
↓手児奈霊堂の前にある手児奈の墓。（右）

　近くの、行基が手児奈のために開山したと伝えられる真間山の弘《ぐ》法《ぼう》寺に建つ句碑の富安風生と水原秋櫻子の代表句

まさをなる空よりしだれざくらかな　風生

梨咲くと葛飾の野はとのぐもり　秋櫻子

にだって、この真間の手児奈の「歌枕」としての詩情を抜きにしては鑑賞出来ない趣がある。

梨咲くと葛飾の野はとのぐもり

水原秋櫻子

真間山弘法寺への道筋は、JR市川駅前から整備され、文学散歩道になっていた。『万葉集』の中の、地元ゆかりの和歌が書家の筆で両脇に掲げられていた。その突き当たりの急な石段を上ると、山門の右側に一茶の句碑、左側に秋櫻子のくだんの一句を彫った句碑が建っていた。

その弘法寺の境内から「南の方をながめて詠んだ句」（自句自解）の指示に従って、今上ってきたばかりの風景を振り返るが、見渡せるのは、市川駅までびっしり埋めつくされた家並みとマンションばかり。

秋櫻子は、小学校時代から高等学校のころまで、何度も足を運んだ光景が頭にこびりついていて、この一句をものにしたが、後年、俳句を作るようになって訪れた葛飾は「ほとんど美しさを失っていた」と述懐している。ただ、この句の出来る前年の、大正十五年の作品、

↓真間山弘法寺の山門の脇にひっそり建つ秋櫻子の句碑。

葛飾や桃の籬も水田べり

の自句自解には、「真間川の堤から、市川駅のあたりまで、今では人家ばかりであるが、むかしは田が多く、そのあいだに池も湛えていた。池には蓮の花が咲いた」と書いているから、万葉集時代の水郷の風景をしのぶよすがが当時はあったのだろう。

「葛飾の野」は、江戸川沿いの市川市側の左岸辺りと狭義に取られているが、もともとは下総国の郡名だった。以後曲折があって、近世の初期に再度葛飾郡に統一、うち葛西の地は武蔵国に、ほかは下総国に属することになった。こんなことも視野に入れると、葛飾のイメージはいっそう広がってくる。

ここはまた、多くの男に言い寄られ、煩悶のすえ投身した真間手児奈の伝説の地。『万葉集』にも山部赤人、高橋忠麻呂らが追弔歌を載せている。

秋櫻子のこの一句もまた、これとは無縁ではない。「梨咲くと」の「と」の使い方や、「とのぐもり」という万葉語のあっせんにも、明らかに『万葉集』が下敷きにある。

寒明け後とは言え、この冬一番の寒波に襲われた日、江戸川沿いに葛飾一帯を歩いたが、唯一、川面を埋め尽くした鴨の群れだけが、何百年の時間を超えた実景としてそこにあった。

→夕方になると鴨が、江戸川の川面をびっしり埋める。

↓弘法寺名物の枝垂桜「伏姫桜」。左の碑は、この桜を詠んだ富安風生の句がほられた碑である。

←『万葉集』ゆかりの手児奈霊堂は、弘法寺の手前にある。

一夜泊りの大磯通ひ西行忌

村山 古郷《こきょう》

←大磯の街道筋に、今も往時の面影を残す鳴立庵。

有名な三夕《さんせき》の名歌の一つ「心なき身にもあはれはしられけり鳴立つ沢の秋の夕暮」は、西行法師が、神奈川・大磯で詠んだことになっている。この史実に水を差すようだが、「鳴立つ沢」はもともと地名ではなく、『新古今集』の西行の歌をこの地に当てはめた、とする説もある。

現在の鳴立庵の案内にも「昔の沢らしい面影が残り、しかも景色の最もすぐれている地点を、西行法師を記念する為に、後人が選んで、それと名づけたものです」と断じている。

それはともかく、西行没後五百年も過ぎた元禄八年（一六九五）、当時、紀行家と知られる俳諧師、大淀三千風が、庵を再興して入庵、鳴立庵の第一世の庵主となった。その三千風から数えて二十代後の庵主が、掲出句の作者、村山古郷である。

この鳴立庵に三千風は、後に京都の落柿舎、滋賀の無名庵と並び日本三大俳諧道場と呼ばれる道場を開き、東海道筋きっての道場として栄え、大磯の名を不動のものにした。鳴立庵からわずか先の、戦後の名宰相、吉田茂邸跡付近に残る松並木を重ねて念じると、当時の鳴立庵の殷賑《いんしん》ぶりもしのばれよう。

大磯のこの辺りの海岸「もろこし浜」は、古くは朝鮮半島からやって来た渡来人の上陸地で、ここに揚がった

↑鴫立庵の脇を流れる沢が、西行が詠んだとされる「鴫立つ沢」だが、沢は意外にも小さい。

彼らは、ここから関東一帯の地域に散って行った。そのこととはもちろん無縁だが、大磯駅から松並木を抜け、その先の滄浪《そうろう》閣までの道を、地元では統監道と呼ぶ。今では中国料理店に看板を残すのみとなった滄浪閣は、日本の初代首相だった伊藤博文の邸宅跡。明治の新政府は、ここで何度か閣議を開いたが、博文が朝鮮統監だったころ前を通る往還を改修したので、今でも統監道と呼んでいる。この大磯から東京まで往復した吉田茂が、道中の渋滞に閉口し、東海道線を跨ぐ〝ワンマン道路〟を作らせた一事に似ている。

　さて、西行が詠んだとされる沢の細《ささ》流れに立って私は、西行の歌のパロディー「菜もなき膳にあはれはしられけり鴫焼茄子の秋の夕暮」を、得意がって口遊《くちずさ》んだ五十数前の中学生に帰っていた。

二十世庵主として九年間在庵した村山古郷は、神奈川県の西のはずれの大磯は遠かったのだろう、出庵の日は必ずこの地に泊まった。折から奇しくも西行忌。陰暦二月十六日、まだ余寒の続く日だったのだろう。

↓鴫立庵には、当時のものはないが、西行が笠を懸けた松が残っている。

←大磯駅前のエリザベス・サンダース・ホームには、第二次大戦時の混血孤児の救援に私財を投げうった沢田美喜のレリーフがある。

←大磯には、東海道筋の松並木が今も残っている。

五月雨《さみだれ》や上野の山も見飽きたり

正岡　子規

子規の日常を知るうえで貴重な『墨汁一滴』は、死の前年の明治三十四年一月十六日から、七月二日まで新聞「日本」に連載したものである。

初夏の頃のものを見ると、「三島神社祭礼の費用取りに来る。一疋やる」「豆腐屋蓑《みの》笠にて庭の木戸より入り来る」「痛むにもあらず痛まぬにもあらず。雨しとしとと降りて枕頭に客無し」「病牀に寝て一人聞いて居ると、垣の外でよその細君の立話がおもしろい」などとこまごま書いている。友人、夏目漱石から手紙が来たのだろう、「倫敦《ろんどん》の場末の下宿にくすぶって

→明治35年の死まで子規が住んでいた根岸二丁目の子規庵。都の史跡に指定されている。

↑上野の森の木々が芽吹き花が咲き始めると人々が三三五五集まってくる。

居ると、下宿屋の上さんが、お前トンネルといふ字を知つてるかだの、ストロー（藁）といふ字の意味を知つてるか、などと問はれるのでさすがの文学士も返答に困るさうだ」という紹介文も出てくる。

　この年に入って病状が悪化してきたにもかかわらず、相変わらず健啖《けんたん》で、「十一時半頃午餐《ごさん》を喰ふ。松魚《かつお》のさしみうまからず、半人前をくふ。牛肉のタタキの生牛肉少しくふ。これもうまからず。……粥《かゆ》二杯。牛乳一合、紅茶同量、菓子パン五六箇、蜜柑五箇」とある。

　その子規の病床から真南に寛永寺があり、更に上手に上野の山が見えたはずである。ほかにも〈五月雨やけふも上野を見てくらす〉（明治二十五年）や、〈梅雨晴や窓を開けば上野山〉（同二十六年）のように上野山を詠んだ作品は多い。だから、掲出句で「見飽きたり」とは言いながらも、上野の山は病床の子規にとって望見できる唯一の外界だっただけに、親近感を読み取れる。

↑子規庵から真南に望める寛永寺にある徳川綱吉霊廟勅額門。（重要文化財）

　子規のこの一句を賞揚したのは、意外にも歌人の斎藤茂吉だった。河東《かわひがし》碧梧桐《へきごどう》と高浜虚子選の子規句集に収められていないばかりか、俳壇のだれもがこの句を論じたことはない、としながら、「僕の独断言によると此は佳句であつて棄つべきものではない」（『俳句寸言』）とまで断定している。

　ビルの林立で、現在の根岸二丁目の子規庵からは上野の山は望めないが、それでも周辺には、下谷七福神や朝顔市で賑わう入谷鬼子母神のような明治の風景が、随所に残っている。ちなみに「五月雨《さみだれ》」は、梅雨期の雨のことで夏の季語である。

↓子規庵からほど近くにある下谷七福神の寿老人をまつる元三島神社。

←朝顔市で名高い鬼子母神。境内には下谷七福神の一つ、福禄寿のお堂もある。

虹たちて忽《たちま》ち君の在る如し

高浜　虚子

↓伊藤柏翠建立の愛子の墓は、虚子の墓に向き合っている。

←北条政子、源実朝の墓と並んで、寿福寺の奥まったところに虚子の墓はある。

俳句の鑑賞には、一句の後ろの秘められた世界を知って初めて理解できるものと、そうでないものとがある。虚子のこの句は前者に属する。

句集『六百句』には、前書きに「虹の橋かゝりたらば渡りて鎌倉に行かんといひし三国の愛子におくる」とある。

虚子は愛弟子・森田愛子を、福井県の三国に何度か訪ねている。愛子と母、そして愛子の恋人・伊藤柏翠とが肩を寄せ合って暮らす三人との交流は、虚子自身の小説『虹』にも詳しく書かれている。〝愛子物〟と言われる五つの小説の最初の一編『虹』には、愛子や母の踊りのもてなしに、虚子が号泣する場面も出てくる。

その三国行の折、三人は虚子を敦賀まで送ってきた。道中の車窓の三国の方角に、鮮やかな虹が立っているのが望めた。その虹を眺めながら愛子は、あの虹の橋を渡って鎌倉へ行こう、と呟いた。

虚子にとって愛子がいとおしくて仕方がなかったに違いない。

戦雲急を告げるこの年、虚子は、鎌倉から小諸に疎開している。その小諸から見える浅間山に、この日、見事な虹がかかった。すかさずこの一句と

虹消えて忽ち君の無き如し

浅間かけて虹のたちたる君知るや

の二句が浮かんだ。当然のことながら、三国の愛子に書き送っている。

結核の病の重くなった愛子と虚子の交流の様子は、その後の小説『愛居』『音楽は尚ほ続きをり』『小説は尚ほ続きをり』へ連綿と続き、濃密になる。

虹消えて音楽は尚続きをり

虹消えて小説は尚続きをり

と、虚子は、虹と愛子のイメージに拘泥するのである。

愛子は、小説『虹』が世に出た年の、昭和二十二年四月一日に、その短い一生を終えている。しかも、いまわの床から虚子に、

←虚子旧居からわずかの由比ケ浜では、若布干しが始まっていた。

こんな電報を打っている。

ニジ　キエテスデ　ニナケレド　アルゴ　トシ　　アイコ

愛子の墓は、鎌倉五山の一つ、寿福寺にある。大きな虚子の矢倉墓に向かって、斜め右から対するようにしつらえてある。年中花の絶えることのない虚子の墓を詣でる俳人は、必ず、この愛子の墓にもお参りする習慣がある。

←虚子旧居跡は江の電の軌道に面している。「波音の由井ケ浜より初電車」の句碑がひそかに建っている。

←虚子旧居跡。ここで虚子を中心に句会が開かれ、数々の名句が誕生している。

乳母車夏の怒濤《どとう》によこむきに

橋本多佳子

多佳子の代表句「乳母車」の出自については、東京・大森海岸説もあるが、私はこの小田原の御幸の浜説を取る。小田原説を支持するもう一つの強い根拠は、この浜の近くに多佳子の三女、啓子の家があることで、乳母車の主は孫ということになる。多佳子も五十歳になっていた。

舞台となった御幸の浜は、その名の通り、明治六年八月四日に、明治天皇が、皇后と共に浜に立ち、地曳き網をご覧になったことによる。現在は海浜沿いに高速道路が出来て見る影もないが、多佳子が訪れた昭和二十二年のころは、白砂青松の浜が続いていたに違いない。

気候風土のよいこの辺りには文人も多く住み、今回の探索でも、北村透谷生誕地なる碑を見つけたが、その碑は、石屋さんの仕事場の隅に、この世から忘れられた風情で建っていた。

大正八年に、この浜の少し奥まった家に谷崎潤一郎が移り住んだ。しかし横浜の大正活映のスタジオ通いもあって、谷崎は横浜にも家を借り、妻・千代の妹、おせいと同棲、小田原と横浜の家を行き来する日が続いた。このおせいが『痴人の愛』のモデルでもある。

親しかった佐藤春夫が外遊の後、小田原の留守宅を訪ねると、千代と娘・鮎子が不幸に残されていた。義憤はやがて恋慕となり、小田原のこの家で千代と春夫が過ごす日が多くなった。

「あはれ　秋かぜよ　情《こころ》あらば伝へてよ」で始まる春夫の「秋刀魚の歌」は、この家で生まれた。春夫の故郷は紀州で、焼いた秋刀魚には青い蜜柑の汁を絞ってかけるならわしがあって、春夫は千代にこの食べ方を教えた。谷崎と春夫の間柄は更にからみ合い、両者は絶交する。これが世に言う「小田原事件」だ。

さて掲出の乳母車の一句だが、発表と同時に話題となり、夏の怒濤と乳母車の対比が、かまびすしく論議され、

↓北村透谷生誕地の碑も、今は気付く人はほとんどいない。

↑多佳子の句の舞台となった御幸の浜は、海水浴客で賑わう。

→早川河口近くの魚市場には、絶えず漁船が出入りしている。

←この寺の周囲には、谷崎潤一郎や坂口安吾、三好達治らが住んでいた。

落ちつくところ、この対比の奥にある危機感に、皆相づちを打った。この年発表の「夏濤《なつなみ》にま向ふ吾はいつまで在る」から、危機感を皆察知したが、それだけではあるまい。真向かう濤に対して、横向きの乳母車は最も安全な位置取り。瞬時にそうしたことに、多佳子の母性本能を読み取ることは出来ないだろうか。

夏の河赤き鉄鎖のはし浸る

山口　誓子

この年（昭和十二年）の夏、山口誓子は、住友俳句会の面々と、淀川の支流の安治川を下る船遊びを試みている。都会を貫流する運河だから、川辺には多くの工場が犇めいていて、川はどんより濁っていた。そんな川辺に、錆止めの赤いペンキを塗られた鉄の鎖が長々と横たえられ、その端が安治川に浸っていたと自解にはある。

初出はこの年の「馬酔木」九月号で、一緒に発表された〈暑を感じ黒き運河を遡る〉〈文撰工鉄階に夏の河を見る〉などと併せ読むと、当時の安治川周辺の風景が、こよなく想像されてくる。

あれから六十二年を経た今の安治川に、この一句

↑安治川河口近くの船溜りには運搬船が犇めいている。

↓河口近くには高速道路が縦横に交差して走っている。

↑天保山ハーバービレッジは、今や若者の広場に。

の原風景を見るべく訪ねてみた。川が大阪湾に注ぐ辺りこそ、流行のハーバービレッジとなり、コロンブスの旗艦を模した「サンタマリア号」が湾内一周に人を集めていたが、そこから数百メートル遡ると、両岸は倉庫群と造船所等で埋め尽くされ、運搬船の黒々とした船影の往来だけがあり、誓子の見た唯一の安治川を彷彿させてくれる。

この一句を、発表当時に特高課が目敏く見つけ、「赤」を左翼思想と取り、「鎖」を人間を拘束する具と読み、毎日新聞の記者を通じて誓子に注意を促している。そんな時代に生まれた作品であることも、今の安治川の暗い澱から見えてくる。

ところで誓子自身も、「赤き鉄鎖」が、錆止めの赤いペンキを塗られた鎖と書いてはいるが、それでは味も素っ気もないし、誰もそうは読まず、赤錆びた鉄鎖として鑑賞している。この読み方に従って私も、繋留された船の錨を吊る鎖や、造船所、船からの荷揚げ作業に多く見られる鉄鎖を想像してきたが、真夏の安治川の澱から発する異臭と、顔をほてらす熱気から、限りなく錆びていくと観じた誓子のリアリティーを読み取ることが出来た。

この句の出来た年の七月、日中戦争は始まったが、以後、太平洋戦争の終結にかけて誓子は、素材として戦争を扱った作品をほとんど残していない。その矜持《きょうじ》らしきものも、この川辺に立つことで追認できた。

西東三鬼が、誓子俳句五千余句から一句選べと言われたら、「今日立ちどころに私が握りかざすであろう一句」と言った言葉が、安治川の水泡から浮いてきた。

↓コロンブスの旗艦を二倍の大きさに復元した「サンタマリア号」。

滝の上に水現れて落ちにけり

後藤　夜半《やはん》

大阪の阪急駅「箕面」から、箕面川に沿ってゆるやかな山道を、一時間あまりかけて歩くと、目指す箕面滝はあった。途中の箕面川は、岩魚を思わせる魚影を写す浅瀬と、木肌が深い苔に覆われた谷を連ねながら、滝の流れにつながっていた。

滝に向かって左側の草叢に、昭和三十二年に建立された、苔むした滝前句碑があり、大阪府の北部公園事務所が掲げた、これまた錆びた案内板が立っている。

←夜半の句のモデルの滝は意外に小ぶりだった。

←滝下の箕面川はきれいな流れとなってくだる。

本当のところ、この一句は、昭和六年に高浜虚子が選んだ「新日本名勝俳句」の滝の部の一位に入選しているが、二年前の昭和四年九月号の「ホトトギス」巻頭句に入集している。

　この年の「ホトトギス」は、高野素十、松本たかし、野村泊月、百合山羽公、川端茅舎、軽部烏頭子、阿波野青畝らが巻頭を占め、

甘草の芽のとびとびのひとならび　素十
蟻地獄見て光陰をすごしけり　茅舎

などの名吟も、この年に誕生している。

　夜半のくだんの句は、

滝水の遅るるごとく落ちつるあり
ことごとく滝に向へる床几かな

と並んでいるが、掲出句が数段格上の作。

　夜半の長男・後藤比奈夫の近著『俳句遠望』によると、夜半は、偶然主義者だったが、多くの場合は、「偶然の中に必然を求めようとする偶然主義（者）である」の夜半自身の言葉を引き、「季題に対して、大変必然の高い句である」と見立てる。

↑昭和33年に建立された夜半の句碑。

↓滝の下の谷には、雪の下が岩一面に花をつけていた。

　三十メートルほどの滝自体は、ごくありふれたものだが、青葉を透かして見える滝の落ち口は、岩に沿ってやや流れて落下するから、「水現れて」が理解出来るが、小半刻も凝視した私の目には、一瞬滝の動きが止まる非連続の中の連続として見えてくる錯覚さえ覚えるのだった。

　夜半の代表句だから、評言もいろいろあって、山口誓子は「あるがままをあるがままに——これがわからないと『それがどうした』ということになる」（『俳句鑑賞入門』）と言うが、私には、次の石田波郷の評言がおもしろい。

　「こういうなんどりとしたゆるやかな調子の描写で、大阪弁のような効果をもった句も、この作者の特色である」（『俳句講座6　現代名句評釈』）

越後屋にきぬさく音や更衣《ころもがえ》

宝井　其角

越後屋とは、江戸・日本橋駿河町に店を構える呉服屋で、今の三越の前身の大店だった。その越後屋だが、延宝元年（一六七三）の開店と言うから、ざっと三百三十年前のことになる。往時の賑わいは大変なもので、庶民から「駿河町たたみの上の人通り」などと囃《はや》されもした。

その越後屋から絹を裂く音が聞こえたと言うのである。

絹を切るのに鋏《はさみ》は使わず、布の目に沿って裂くので、その音は大きい。今でも甲高い声を「絹を裂くよう」と言うように、かなり鋭い響きを持つ。その日がちょうど更衣の日だったと言うのだ。

更衣は、春から夏へ（陰暦四月一日）と、秋から冬へ（同十月一日）の二回あるが、歳時記では、単に更衣と言えば前者を指し、後者の方は後《のち》の更衣と呼んで区別してきた。

発表当初から話題になったこの一句を、同じ芭蕉門の森川許六《きょりく》から、「かやうの今めか

↑三越、三井住友銀行の建つ通りの裏に、モダンなビルもできた。

←五街道の出発点となる日本橋。現在の橋は明治44年に架けかえられた。

しき物を取出して発句する事、以《もって》の外の至り也」（『俳諧問答・自得発明弁』）と槍玉に挙げられる。「今めかし」つまり現代風だと許六は咎《とが》めるのである。

↑三越の筋向かいに作られた、当時の越後屋の外観。中にはそのころの売り場が再現されてある。

許六の批判は、越後屋の歴史の浅さより、三井八郎右衛門の商法の新奇さに向けられた。その辺の事情は井原西鶴の『日本永代蔵』に書かれてある。その商法とは、従来の上方風の問屋式のものではなく、庶民のもとめに応じ、現銀（現金）売り、仕立て売りといった商いで大いに財を成した、その新奇さが「今めかし」だと言うのである。

そうは言いながら、当時の俳諧には、新しいものを取り入れることが〝花〟だとする風潮もあった。新しさと言っても奇をてらうことではなく、文学的に十分耐え得る新しさのことで、芭蕉自身も「新しみは俳諧の花なり」とか、「俳諧の益は俗語を正す也」（服部土芳『三冊子』）と言っているところをみると、その辺はかなり自由だった。

宝井其角は、寛文元年（一六六一）に江戸・堀江町の医師の家に生まれた。家業の医術のほかに、儒学、漢詩、易学、絵画を修め、今風に言えば大変なインテリだった。十代で芭蕉の門をたたき、後に、芭蕉から同門の服部嵐雪と共に「両の手に桃と桜や草の餅」と、桃と桜になぞらえられたが、やがて其角は芭蕉の膝下を離れ、伊達好み、洒落《しゃれ》風に傾いていくことになる。

↑北アルプスの雪代で安曇野は、水と緑が豊かだ。（穂高川で）

安曇野や窓近くまで田水張る

桂　信子

もともと安曇野は、海洋民族である安曇族の本拠地と言われてきた。海からほど遠いこの地になぜとも思うが、歴史的には大化改新ごろになっている。

地理的に言えば、松本平の北半分程の地域で、北アルプスの麓に広がった穂高町辺りを中心とした一帯が安曇野、その穂高町の北西に、信濃富士の異名を持つ美しい有明山が見える。この有明山は藤原定家や西行など多くの歌人に詠まれた歌枕の地として古くから知られていた。

でも、安曇野をもっと有名にしたのは、地元・堀金村出身の臼井吉見が書いた長編小説『安曇野』によってだった。東京・新宿の中村屋の創始者で、後にテレビ・ドラマにもなった相馬愛蔵夫妻や、日本近代彫刻の先駆者で、三十三歳の若さで他界した荻原碌山を中心に、『安曇野』の物語は展開していく。

↓名水百選にも選ばれた「安曇野わさび田湧水群」のわさび田は日本一の生産量を誇る。（穂高町で）

今も穂高町には、相馬愛蔵の生家が保存され、碌山美術館には「坑夫」「女」「文覚」など碌山の名作の他に、碌山と親交のあった高村光太郎や中原悌二郎、石井鶴三らの作品も展示してある。

　そんな安曇野を五月に歩いてみた。一望に雪をいただく北アルプスから流れ出る雪代は、安曇野と言わず松本平一帯を潤していた。穂高町の裏を流れる穂高川は、あふれんばかりに水を湛え、安曇野わさび田湧水群からの流れは、わさび田を奔流となって下っていた。田にはどれも水が張られ、初夏の山容となった北アルプスの峰々を写し取っていた。

　桂信子は昭和五十三年の六月初旬、ここ安曇野を訪れている。この年は自らの主宰する俳誌「草苑」が八周年を迎えた。その記念大会が富山で開かれた帰り、立山黒部ルートを抜けて入っている。

　安曇野での作品は句集『緑夜』に、「安曇野二十句」として

透き水のさざめき通る山葵沢
雪嶺出て安曇野の水平らかに
黒揚羽飛ぶ水滴に映るまで

などを発表しているが、揚出句もその中の一句。

「窓近くまで田水張る」は一見当たり前にも見えるが、上五に「安曇野や」と置くことで、作者の感動の新鮮さが伝わってくる。同じ時期を歩いた私には、常念岳に現れた常念坊の雪形や、穂高川の水音、田に水を引く匂いまでがこの一句に収斂していくように思えた。

↑このころの信州は、どこへ行っても水芭蕉の花盛り。（戸隠で）

↑穂高町の御船祭に使われる馬が農家の庫の軒下に吊られてある。

←安曇野は道祖神の宝庫。なかでも双体道祖神が圧倒的に多い。（穂高町で）

↑湘子が泳いだ相模湾。真鶴岬が美しい影を海に落としている。

←早朝賑わう小田原の魚市場の昼下がりは、物音ひとつしない。

愛されずして沖遠く泳ぐなり

藤田　湘子《しょうし》

小田原駅から歩いて二十分ほどのところに御幸の浜はある。古くから海水浴場で知られる浜でもある。箱根連山から続く山なみが、なだらかに真鶴岬の突端に裾を下ろしている。魚種の多さで知られる相模湾に、点々と網を下ろす漁船。時々沖合いを横切る大型貨物船。細い流れを湾に注ぐ早川の河口に、小魚を求めて群れる何百羽の鷗。どれもこれもが当時と変わりない景なのだろうが、一つ、海辺を走る西湘バイパスのコンクリートの巨大な塊が、こんな思いを現実に引き戻す。

藤田湘子は、この小田原に、大正十五年に生まれている。当時はまだ足柄下郡小田原町。箱根越えの要路でもあっただろう。十五歳までをこの地で送った湘子は、いったんは上京するが、二十歳から二十五歳までの五年間、再び小田原に戻り住んでいる。

　掲出の「愛されずして」の一句は、この小田原の御幸の浜で作られている。当時二十六歳だから、恐らく少年期の回想なのだろう。しかし、一句の出来た年齢の若さゆえ、湘子の代表句のこの作品に、少年期特有のナルシシズムを、人々は読み取ろうとする。「愛されずして」「沖遠く」の表現は、そんな思いを見取るにふさわしい措辞だったからなのかも知れない。

　しかし、御幸の浜の砂浜に立ってこの一句を反芻《はんすう》してみると、「愛されずして」にも、「沖遠く」の措辞にも、ナルシシズムの、あの自己陶酔とは明らかに違う、湘子の青年像が見えてくる。そして、人々が強いて読み取ろうとしたナルシシズムとは逆の、かと言って男女の愛ともまた違う、湘子の人恋しさ、人なつかしさに似た思いが伝わってくる。俳句そのものの文字面《づら》からは読み切れない〝まこと〟と〝こころ〟が見えてくるのも、この地の持つ風土感なのかも知れない。

　十六歳で水原秋櫻子に師事、二十二歳の若さで馬酔木賞を、二十五歳で新樹賞を受賞した湘子の第一句集『途上』に、兄事されていた石田波郷がこんな言葉を贈る。

「作者の郷家たる小田原在住時代の後半から、作者の句は次第に形象がしまつてくる。作者の叙情は、その対象を精克に描き出す前に、その柔い叙情が靄のやうに流れ出して十七字を為してしまふ」（『途上』の跋より）

「途上」の集名も贈った波郷の後を受けて昭和三十二年、三十一歳で大結社「馬酔木」の編集長になっている。

↑小田原の海に注ぐ早川の河口には、数百羽の鷗が群れる。

↓土地の人から〝天神さん〟の名で親しまれている天満宮の境内には芭蕉の句碑も。

↑「山王さん」の呼び名で親しまれている日枝神社の神門。

青《あお》簾《すだれ》山王祭近づきぬ

富安風生

山王祭は山王権現の例祭で、全国的に四月中の申《さる》の日に行われる。従って歳時記の分け方によると春の部に入る。ところが、富安風生の山王祭は、六月十五日ごろ行われる東京・赤坂の日枝神社のものだから夏で、季語の青簾（夏）と矛盾しない。

古い文献によると、日枝神社はかつて、日枝《ひえ》山王社、日枝《ひえ》山王大権現社、江戸山王大権現、麹町山王などと呼ばれていて、現在の呼び名に改まったのは明治元年だから、江戸っ子には「山王さん」の方が懐かしい。

日本三大祭に数えられている、ここの山王祭はまた天下祭の名でも親しまれていて、山車などのほかに、娘や子どもが手踊りする踊り屋台が繰りだす付け祭の風情でも知られている。

このお宮さんのあちこちに、匂うような青簾が掛け始められた。この簾が掛けられると不思議と山王祭が近いんだなと、風生は思ったのだろう。そして、赤坂一帯が祭りの興奮の坩堝《るつぼ》と化す場面を想像したかも知れない。

今でこそ装飾だけのものになってしまったが、かつては、竹で編んだもの以外に、葭簾や伊予産の篠竹でこしらえた伊予簾、模様を編み込んだ絵簾などが、生活のレベル、機能によって都合よく使われていた。とくに青簾は見た目に新しいというだけでなく、竹や葭や篠竹の青い匂いが辺りを支配していたから生活の充足感もあった。蚊帳の匂いもそうだったが、今で言えば畳替えをした後のえも言われぬ藺草《いぐさ》の匂いの満足感に似ている。

風生は逓信省の次官まで務めたが、大正七年、福岡為替貯金局長時代に、吉岡禅寺洞らの手引きで俳句に手を染め、山口誓子、山口青邨、水原秋櫻子らと東大俳句会を興し、高浜虚子から直接指導を受けるようになった。

作風も、揚出句や

みちのくの伊達の郡の春田かな

夕顔の一つの花に夫婦かな

のように軽妙・洒脱で、しかも飾らない作品が多い。

↓商売繁盛、心願成就を願って奉納された山王稲荷神社参道の鳥居。

神田川祭の中を流れけり

久保田万太郎

神田川をはさんで神田には百八の町会がある。その町会それぞれに神輿があり、法被の色も柄も違う。ウイークデーの神田の顔は都会のそれだが、土曜、日曜に行われる神田祭には、割ぽう着姿のおかみさんや浴衣の娘さん、顔に白粉を塗った子供達、いなせな神輿の担ぎ手が集まってきて夏祭の顔になる。宵宮の日から路

←街の風景は年々大きく変わるが、神田川の流れはいまも変わりない。

←夏祭の“華”は神輿。各町内会の神輿にはそれぞれの顔がある。

地という路地が賑わって、街中に人肌のぬくみがあふれる。神田とは、そんな街なのである。

久保田万太郎の一句も、そのまま読めば、そんな夏祭と神田川の、一年に一度の出会いが思われる。

しかし、この一句には「島崎先生の『生ひ立ちの記』を読みて」の前書きがある。『生ひ立ちの記』は、島崎藤村が浅草新片町に住んでいたころの最後の作品で、妻に先立たれた作家が、残された二人の男の子を育てながら、自身の少年時代の生い立ちを、ある婦人にあてた手紙の中で語る形で書かれている。書き出しも

「昨日、一昨日はこの町にある榊神社の祭礼で、近年にない賑ひでした。町々には山車、踊り屋台などが造られ、手古舞まで出るといふ噂のあつた程で、鼻の先の金色に光る獅子の後へは同じ模様の衣裳を着けた人達が幾十人となく随《つ》いて、手に手に扇を動かし乍《なが》ら、初夏の日のあたつた中を揃つて通りました」

という文章で始まる。

万太郎はこの祭に兄弟の子供をつれて出かけるのだが、神田川の河岸で角兵衛獅子の少年に出会う。袂から銅貨を取り出して渡すと、少年は、人通りの少ない柳の木の陰で蜻蛉《とんぼ》返りをして見せてくれた、というのである。

浅草新片町の名は残っていないが、現在の柳橋の辺りに当たる。藤村の『生ひ立ちの記』を底に置いた万太郎のフィクションと読めば、神田川も祭も哀感を帯びるが、その前書きを外して鑑賞すれば、「祭」も神田祭につながり、江戸庶民の勢《きお》いの名残がよみがえってくる。

一句の持つ史実より、作者の手を離れた作品が、人口に膾炙《かいしゃ》されながら、一句の世界を少しずつ広めていくことも、俳句ならではのおもしろさなのかも知れない。

今年の神田祭には、神輿日本一と言われる、金色に輝く「千貫神輿」が、七年ぶりに登場した。

↑夏祭のもう一方の主役は子供たち。路地路地に子供の声が終日絶えない。

↓神田明神で奉納される獅子舞。笛や太鼓の音が境内の新緑に響きわたると祭りも最高潮に。

佞武多《ねぶた》みな何を怒りて北の闇

成田　千空

さて、何から書こうか迷っているのが、この八月に青森市で見た佞武多である。まず、最初から書くことにしよう。

成田千空の知り合いの茶屋の前に、来客用の椅子が一列並べてある。これが私達のこの夜の席である。久しぶりに会う千空を囲んで早めに夕飯を済ませた私達は、この席に招じられた。「私達」とは、超結社の俳句仲間「件《くだん》」の面々である。その「件」の会が、昨年創設した「みなづき賞」の第一回の賞に、千空を選んだ。この賞は、世の権威とは無関係に、その年に出た俳書等に自腹を切って差し上げる賞。その受賞を、千空はことのほか喜んでくれた。その縁があって、今回の表向きの青森行きは、千空の住む五所川原市で営まれる「炎熱忌」（八月五日の中村草田男忌）に出席することだった。

夕方の六時とは言えまだ明るい。早速、酒と摘《つま》み物が配られた。早々と席についた隣は既に宴たけなわである。やがて、地の底から響くような太鼓の音と、潮騒のように伝わる跳人《はねと》の鈴が、黄昏《たそがれ》の彼方から聞こえてくる。昼間、佞武多庫で見た佞武多が、灯を得て虚の光となって眼前にやって来て、ギーと音をたてながら、沿道の一番盛んな応援グループの前に回ってそそり立つ。

佞武多の像は、「暫《しばらく》」などの歌舞伎や、『三国志』『水滸伝』、果ては「国引」などの神話から想を得て、佞武多師がつくる。

百メートルほどの間隔でやって来る佞武多の間は、大太鼓と笛や鉦《かね》の囃方と、「ラッセラー、ラッセラー、ラッセ、ラッセ、ラッセラー」の勇ましい掛け声ではね回る跳人《はねと》の群れに埋め尽くされる。その跳人からもぎ取れた鈴が、私達の椅子の前にいくつも転がってくる。

佞武多の起源にはいろいろあるが、私は七夕の「ねむり流し」説を取りたい。かつてのお盆は陰暦の七月一日、つまり新月に始まって、満月の十五日まで続いたが、七日は「七日盆」とも言って禊《みそぎ》の日でもあった。

千空の別の佞武多の句に

ねぶた笛聴きゐて遠き父の笛

もあるが、その父への禊の意味も、千空の心中にはあったに違いない。

↑青森市のねぶたは、灯が入ると一斉に勇壮さがつのる。

炎熱忌の行われた翌五日の夜は、これまた千空のお膳立てで、五所川原の立ち佞武多を見せてもらった。こちらは、弘前市と同様に「ねぷた」と読む。平成八年に復元された立ち佞武多は、身丈が二十三メートルもある。青森市の佞武多と違い、文字通り手作りそのもの。席に配られる茹でた唐黍や枝豆にも、人の温かさが伝わる。

↓五所川原の立ちねぷたは、高いもので23メートルもある。

↑ねぶたには、それぞれの囃し方が従う。大地を揺るがす大音響の太鼓もその一つ。

目には青葉山ほととぎす初鰹《はつがつお》

山口　素堂

初鰹は江戸っ子の心意気としてもてはやされてきた。「褞袍《どてら》質に置いても初鰹」の諺《ことわざ》も鰹の到来を待った庶民の気風を言い当てている。芭蕉さえも「鎌倉を生《いき》て出けむ初鰹」とその心意気に唱和する。素堂の一句もその鎌倉で出来ている。

初鰹を珍重する風習は、鎌倉時代から始まっていたらしく、その流行を苦々しく思っている人物がいた。吉田兼好である。彼は『徒然草』の中で、「鎌倉の海に、鰹といふ魚は、かの境には双なきものにて、このごろもてなすものなり」（百十九段）と皮肉る。「かの境には双な

↑鎌倉からトンネルを抜けると、逗子の小坪漁港がある。かつては、この港にもたくさんの鰹が揚がった。

↓鎌倉はどこへ行っても緑があふれている。（松葉ケ谷・妙法寺で）

きもの」とは、「あの辺りではこの上ない物」くらいの意。更に鎌倉の年寄りの話として、かつては、身分のある人の前に出さないばかりか、「頭は下部《しもべ》も食はず、切りて捨てはべりしものなり」と書く。

皿鉢《さわち》料理に代表される土佐でも鰹は珍重されたが、北上中の鰹も土佐辺りではまだ脂も乗らず、むしろ鰹節に適していて、脂の具合い、身の緊まりでは相模灘に差しかかってのものが最上とされてきた。

とは言え舌のこえた現代人は、三陸沖まで北上した鰹が、腹に一杯の脂を抱いて、今度ははるか沖合いを南下してくる秋口のものを「戻り鰹」と称して待つようになった。

さて掲出句だが、世上では「目には青葉」が「目に青葉」と、誤伝で流布している。その「目に青葉」で読んだのでは、単に青葉とほととぎすと初鰹の季物を並べたに過ぎない。青葉とほととぎすの取り合わせなら、既に西行の「ほととぎす聞く折にこそ夏山の青葉は花に劣らざりけり」（『山家集』）がある。そこに初鰹を加えたところが新しく、青葉（視覚）、ほととぎす（聴覚）、初鰹（味覚）の五感の多用を手柄とする意見もある。それなら誤伝の「目に青葉山ほととぎす初鰹」でもいいはずだ。「目には青葉」と、字余りにすることで、読者は作者と共に立ち止まって、一面の青葉を連想出来る。そしてやや間を置いて「山ほととぎす初鰹」とたたみかけられると、初夏の季節を十分感応できる。「目に青葉」では、そうはいかない。

素堂自信も自著『とく〳〵の句合《あわせ》』中で、「目には青葉といひて、耳には郭公《ほととぎす》、口には鰹と、おのづから聞ゆるにや」と言う。

この句の人気が高まると川柳子も黙ってはいない。「目と耳はいかが口には銭がいり」「目と山と耳と口との名句也」（『柳多留』）と口さがなく囃《はや》し立てる。

↓左手に張り出した島は、わが国最古の築港、和賀江島。遠くに江ノ島が望める。（由比ケ浜で）

ぼうたんの百のゆるるは湯のやうに

森　澄雄

この句のモデルになった牡丹は、東海道線の二宮駅からほど近い徳富蘇峰記念館の庭にあった。仲間の八木荘一に誘われて、森澄雄に川崎展宏、それに私が同行した。ところが、樹齢二百年のこの牡丹は花時を終え、萎えた花をいくつか残し、大きな仕事をし終えた威厳をたたえながら、天に向けて気息を吐き続けていた。

この日の句会は、相模灘の見渡せる八木の会社の寮で行われた。澄雄との句会は、例によって和綴帳に出来た者から順次書き込んでいくもので、私の手許にあるそれを繰ってみると、最初の頁に澄雄が、

かくやくの陽を吸ひやまぬ黒牡丹

と書いた。しかし、この日の句会で出来た牡丹の句は、これ一句だけだった。

くだんの「ぼうたんの」は「杉」六月号に初めて見えるが、句会で作った「かくやくの」の一句は、

太陽を吸ひてやまざる牡丹園

に改作して発表された。ただこの一句は『鯉素』には入

↓右手建物の前に、樹齢200年の牡丹の木があった。

←徳富蘇峰の遺品、収蔵品が収められている蘇峰記念館。

集していない。

　この牡丹に再会したく、花時を見計らって蘇峰記念館を訪ねた。二十七年ぶりのことだが、ジャングルジム状の竹で支えられた牡丹はすでになく、そこに芝が張られてあった。命終尽きて十二年、若木だった周囲の梅林さえも今は皆古木だった。

「ぼうたんの」の一句には、澄雄のこんな自句自解がある。

「すでに花はあらかた終わっていた。（中略）いわば幻想の一句。実際に咲き揃った牡丹を見ていたら、この句は出来たかどうか。これも作家の持つ不思議な虚実の一つであろう」と書く。

　制作現場に立ち会った私は、この自解から大きなものを手渡しされた思いが強いのだが、発表された当初から話題になったこの一句の評言は、「たぎる湯」のような実在の湯を置いたものが大方で、「湯のやうに」の比喩から導かれる沢山の牡丹のゆれるさまには届いていない不満が、私にはあった。

　すでにない、牡丹のあったところに立つと、不思議と牡丹が見えてくるのはどうしたことだろう。澄雄は「幻想」と言ったが、その幻想に届く手立てとして、「湯のやうに」を共有できた喜びが今改めてよみがえってくる。

←梅の老木は、びっしり実をつけていた。

↓牡丹の前に広がる梅林は、すでに老木になっていた。

↑主のいない角川邸も、手入れが行き届き、季節折々の美しさを見せるようにしつらえられている。

ロダンの首泰《たい》山《さん》木《ぼく》は花得たり

角川　源義《げんよし》

昭和三十年五月、角川源義は荻窪の地に新居を建てた。その披露を兼ねて句会が催され、今は亡き水原秋櫻子、富安風生、石田波郷、中村草田男、松本たかし……と言った錚々《そうそう》たるメンバーが招かれた。客からはお祝いに、既に花の咲かんばかりの泰山木が贈られた。掲出句はこの席で出来ているから、いわば主《あるじ》から客への挨拶の一句。

この泰山木の花が見たくて、頃合いを見計らって私は角川家を訪ねた。応対に出てくれた未亡人の角川照子さんから、巨木になり過ぎたので、植木屋さんが随分と枝を払ってしまったこと、今年は裏年で花が付かないことなど説明されたが、それでも広い庭一杯に植えられた朴の木や山法師の山の木にまじって、くだんの泰山木は亭々とその威容を誇っていた。

「ロダンの首」の一句は、源義が唱導してやまなかった、典型的な二句一章の作品。二句一章とは、一句の中に違

↓高村光太郎作のロダンの首。源義が大事にしていた一品。

↑真上にぬきんでているのが泰山木。枝が大分払われ小ぶりになってしまった。

↑泰山木のもとに立つ角川照子夫人。朴の木も草木も花をつけていた。

う内容物を配合することによって、常識を超える豊かな世界を構築する方法で、この方法により近現代の俳句に多くの名作を生んできた。その辺の事情を源義は、もっと分かりやすく説明する。

「二句一章の方法は、雌しべと雄しべの花粉がかけあわされて植物は結実するが、雌しべと雌しべ、雄しべと雄しべでは結実しないように、陰中陽を求め、明中暗を探るものであり、相反する性格が結ばれて一章の俳句に結晶するところに意味がある」

ややあって照子夫人が二階から大事そうに抱えて下りてきたのが、高村光太郎の「ロダンの首」だった。源義愛蔵の彫刻で、長らく角川書店の社長室に飾ってあったと言う。埃を払って写真に収めさせて貰った。

掲出句も、この彫刻「ロダンの首」がヒントになったには違いないが、仮にそのことを知らなくとも、「ロダンの首」と「泰山木は花得たり」の異質の二つを合わせることで、一章を得た時、そこに理屈を超えた詩が生まれ、泰山木に源義の個が点じられた。

もう一つ大事なことがある。新宅びらきの句会の折、お祝いに貰った泰山木の木に花が咲きましたよ、と招いた一座の人々に、この一句は言っているのである。具体的には、「泰山木は花得たり」の助詞「は」の働きがそれ。これを「挨拶」と言って、俳諧三百年の歴史の中で、一貫して大切にしてきた作法なのである。

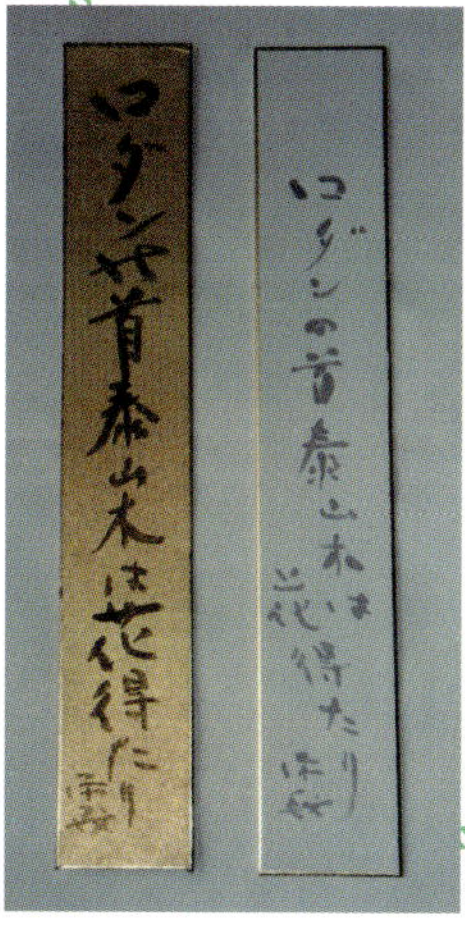
ロダンの首泰山木は花得たり　源義
ロダンの首泰山木は花得たり　源義

↓源義自筆の短冊。右の淡墨のものは死の直前に書かれたもの。

ふるさとはみかんのはなのにほふとき

種田山頭火

この五月、山口・宇部に転居した元船長の友人を、仲間数人と訪ねた。私にとって久し振りの長旅だったが、着くやいなや、どこへ行っても、いまを盛りの蜜柑の、あの強い香りの歓迎だった。すかさず、この山口県の、詳しくは現在の防府市出身の山頭火の掲出句を思い出した。その後の山頭火の生き方に強い影響を与えることになる、幼時の母の自殺のことなども思いながらの旅になった。

　蜜柑の匂いと言っても、山口県での匂いの大方は夏蜜柑のそれである。これは後で知ることになるのだが、江戸の中期ごろ、現在の長門市仙崎大日比に流れ着いた種子を播いて得た原木からのものが原種で、現在は萩市辺

↑萩市内では、藍場川（左の写真）から水を引き込んで、各家庭が生活用水として利用していた。（旧湯川家屋敷）

↓萩市内の旧家に見られる泥棒返し。

↑今は城壁と濠しか残っていない萩城（指月公園）。

りが特産地となっている。夏橙とも呼ばれ、「今昔の時計共鳴り夏橙」（平井さち子）なども、その萩で作られている。

宇部から四国山脈を越えて萩に移動したのも、私達に夏蜜柑の匂いが誘いをかけてくれたのかも知れない。萩は毛利氏三十六万九千石の城下町だから、とても歩いては回れない。我ら老人達は、石坂洋次郎の『青い山脈』の映画シーンよろしく、貸自転車の銀輪を連ねて萩市内を経巡った。

生活用水として市内に引かれた藍場川沿いを走っても、今は城壁と濠《ほり》だけを残す萩城跡に自転車を止めても、木戸孝允の旧宅跡にたたずんでも、吹いてくるそよ風に、夏蜜柑の花が匂う。

早稲田大学を中退、家の破産、妻子との離別を経た山頭火は、大正十三年熊本市内の報恩寺で出家、二年後から行乞《ぎょうこつ》の旅が始まる。一時、ふるさとの小郡《おごおり》の其中庵《ごぢゅうあん》にも庵を結ぶが長続きせず、漂泊の旅を続け、昭和十五年松山市の一草庵で没している。その生涯の山頭火の心中にあったのは、故郷の蜜柑の花の匂いと母の死だったのだろう。

「うしろすがたのしぐれてゆくか」とか「鉄鉢の中へも霰《あられ》」といった、それまでの俳句の韻律に背いた代表句の中で、私には掲出の「ふるさとはみかんのはなのにほふとき」の一句が重い。「みかんのはなの咲くときに」なら、単なる叙情で終わるが、「にほふ」とすることで、回想を呼び覚ます。加えて、仮名書きにすることで、漢字の意味を削ぎ、韻律の豊かな調べに乗せた。

その夜の句会で私は、昼間聞いた松蝉の声を借りて、「松蝉や山頭火さへ休みしを」と山頭火に和し、日ごろ忙しい自らを密かに労《ねぎら》った。

↓毛利家の菩提寺・東光寺は、萩市の高みにある。墓所には大きな石灯篭が五百基並ぶ、偶数代の藩主の墓所は、別に大照院にある。

新涼や白きてのひらあしのうら

川端　茅舎《ぼうしゃ》

「ホトトギス」の雑詠欄からは、多くの作家が輩出したが、茅舎もその一人だった。この「ホトトギス」に、茅舎開眼の一句とも言われる

白《しら》露《つゆ》に阿《あ》吽《うん》の旭さしにけり

と共に巻頭に選ばれたのが掲出句。

日本橋蠣殻町に生まれ、後に日本橋浜町に転居するが、茅舎の少年期は絶えず隅田川と共にあった。夏は浜町河岸の水練場にもっぱら通い、斎藤流の泳法を習い、後年、師範代もつとめている。

新涼とは、秋に入って催す涼気のことだが、そんなころ、真っ黒に日焼けした我が身の、掌と足裏だけが妙に白いことに気付いた、そんな少年期の回想なのかも知れない。

秋風を色になぞらえると白という発想は、中国古来のもの。

秋風や白木の弓に弦張らん　**去来**

吹きおこる秋風鶴をあゆましむ　**石田波郷**

と並べてみると、茅舎の一句の新涼にも涼風が湧きたつ。

十七歳違いの異母兄、川端龍子の影響もあって、茅舎も絵の道を志し、芸術院展や春陽会展に出品、何度かは入選するが、成果はあまりはかばかしくなかった。そんな中、この作品の出来る前年の昭和四年に、師と仰ぐ岸田劉生の死に逢っている。そのほとぼりの冷めぬ半年後には妹、晴子を見送っている。更に前後して、倉田百三の妹、艶子との失恋。そんなことどもも併せ読むと、「新涼」の季感も、そこから生まれてくる「白きてのひらあしのうら」の想も、これらとは無縁ではないように思えてくる。

今の浜町河岸辺りを歩いてみると、高層ビルが建ち並び、高速道路が縦横に走っていて、六十八年を偲ぶよすがは何もないが、折からの満潮の潮が差してくる川面の匂いに、わずかに茅舎の心にたどり着ける思いがあった。

↑かつて茅舎が泳いだ浜町河岸の水練場辺り。タグボートに引かれた運搬船がたえず行き来する。

←安産の神様、水天宮。茅舎はこの近くの日本橋蠣殻町二丁目に生まれた。

鰯雲人に告ぐべきことならず

加藤　楸邨

埼玉県の粕壁（春日部）中学で教鞭をとっていた楸邨にとって、昭和十二年は多難な年となった。それまで、月に二度指導にやって来ていた水原秋櫻子の勧めで、東京文理科大学国文学科に入り、秋櫻子の「馬酔木」の発行業務を手伝うことになった。能勢朝次教授に西鶴や芭蕉を学びながら、「馬酔木」発行所では石田波郷と机を並べていたのだから、この時期が楸邨のその後に大きな意味を持つことになるが、生活の実際は安穏ではなかっ

←公園内には、陸奥寺山藩の上・中屋敷の庭園「占春園」が残っている。

←公園内には、自然と建造物にふさわしい造型物があちこちにある。

↑晩夏とは言え、雲はすでに秋の風情となっている。

た。小石川の護国寺裏の崖下に居を構えたが、既に三男一女の父だった楸邨は、学校を出ると、その足で「馬酔木」発行所に出向き、その日の仕事を片付けると、今度は家庭教師のアルバイトが待っていた。同じ年の作品、

学問の黄昏さむく物を言はず

にも、その間の思いが込められている。

しかもこの年、日中戦争が始まり、第二次世界大戦に向けて、わが国は限りなく軍国主義への道を歩み始めていた。そんな世相も加えながら、楸邨の呟く「人に告ぐべきことならず」には、ある覚悟が見えてくる。

東京高等師範—東京文理科大学—東京教育大学—筑波大学と校名を変えた大塚のキャンパスには、楸邨の学んだ時代をしのぶものはほとんどないが、唯一、原生林に覆われた、陸奥寺山藩の上・中屋敷の庭園の暗い池の面に、それはあった。

「鰯雲」の句を収める第一句集『寒雷』の「都塵抄」は、昭和十二年と十三年の作品で、文理科大入学のため上京してからのもの。この「都塵抄」について楸邨は、後記にこんな思いを書いている。

「『都塵抄』では俳句を自分の呟きの如く、気息の如きものに引きつけようと力《つと》めた。自分の外に美の世界を築くことを止めて、自分の中に、自分と共なる姿の俳句を見ようとした」。そして、真っ向から刺激に耐え、身辺から愛着やまぬものを削り落としてきた——とも述懐する。

この楸邨の姿勢と方法は、後の俳人の多くの学ぶところとなり、季語の「鰯雲」にさえ、楸邨の描いた世界が大きな領域を占めるようになった。反面、役割を終えた楸邨の「鰯雲」の一句は形骸化し始めた——そんな風に私には思えるのである。

↓筑波大学の門前には、「神話空間」なる造型物があり、都民の憩いの場になっている。

秋しぐれ鐘は黄《おう》鐘《じき》小倉山

瀬戸内寂聴

瀬戸内寂聴の単立寺院、寂庵は京都・嵯峨野にある。その寂庵内の「嵯峨野僧伽《さんが》」を、お盆も終えた八月十八日に訪れた。「僧伽」とは、サンスクリット語で言う学びと祷《いの》りの道場の意で、数年前までは誰でも自由に、ここで写経や座禅が出来た。

その僧伽の引き戸の軽い音がして、「いらっしゃーい」とにこやかに寂聴が現れた。続けて「モモ子さん、私踊り疲れたの。それも、横尾（忠則）さんのデザインの浴衣は黒地に髑髏《どくろ》が目立ったのよ」と、一同を見渡して言う。「モモ子さん」とは、私達を案内してくれた黒田杏子さんのこと。「踊り」とは、数日前に「寂聴塾連」で参加した徳島の恒例の阿波踊りのこと。その踊り浴衣は、漆黒《しっこく》の地色に、ばら色の髑髏面が大小鏤《ちりば》めてある。

私達の超結社の句会「件《くだん》」は、「みなづき賞」なる賞

←寂庵の庭園には、こんな小さな石仏たちが散在している。

↓寂聴を囲んで記念撮影をする件の会のメンバー。（僧伽で）

↓愛宕山入り口の「平野屋」は、鮎料理の季節。

を創設、既成の賞を貰《もら》いにくい作家や作品、事業に授与してきた。その賞の反省会も兼ねて、去年から「修学旅行」なる旅を始めたが、今回がその二回目で、僧伽の訪問だった。皆忙しい人達だが、中でもけた外れなのが、細谷喨々《りょうりょう》さん。正業は聖路加病院の副院長だが、週末には、生家の山形に帰って老父の医業を手伝う。小児ガンの権威だから、講演や原稿の注文が引きも切らない。その細谷さん、この日は飛行機で山形から伊丹に着き、在来線と新幹線を乗り継いで、昼頃《ひるごろ》に合流した。

花と古刹《こさつ》の全国行脚を重ねてきた黒田さんには僧形の知り合いが多い。彼女は彼らを、ボーイフレンドならぬボーズフレンドと言う。その一人が、大徳寺の「眞珠庵」住職の山田宗正さんで、前日は寺での摂待《せったい》から、夜の祇園「川上」での夕餉《ゆうげ》、バー「サンボア」の二次会までお付き合い頂いた。その山田さんがこの日もひょっこり寂庵に現れた。嬉《うれ》しいことに宇多喜代子さんも友人を伴って大阪からやって来てくれた。熊蟬《くまぜみ》と法師蟬時雨《しぐれ》の僧伽は、とたんに、とびきり上等なサロンと化した。

さて寂聴の掲出句だが、この句を口遊《くちずさ》みながら僧伽に座すと、一句の成り立つ時間を追えるように思えてくる。やがてこのサロンが解け、蟬時雨が収まり、蜩《ひぐらし》の遠音も消える頃、嵯峨野の寺院が鐘を撞《つ》き始める。三十三年もの間ここに住まう寂聴には、どの鐘の音色も判別が付く。ことに今宵《こよい》の小倉山のそれを寂聴は黄鐘と聴き止めた。「黄鐘」は、「おうしき」とも言い、日本の音階十二律の第八音。もう仏の世界である。

↑大文字が終わると、京都市内のあちこちの路地で地蔵盆が行われる。

↓寂庵内にある榊莫山筆の碑。「寂」の一字が書かれてある。

今《こん》生《じょう》のいまが倖《しあわ》せ衣《きぬ》被《かつぎ》

鈴木真砂女《まさじょ》

↑客を迎える前のホッとした一瞬。自らの俳句を自らの筆で書いた店ののれんは、季節ごとに掛けかえられる。

銀座の並木通り一丁目の、それも京橋寄りに、今でも幸《さいわい》稲荷がある。その脇の一間半ほどの路地を稲荷横丁と言い、路地の中ほどに鈴木真砂女の店「卯波」はある。古い銀座を知る人には懐かしい路地で、地上げ騒動前までは、十数軒の飲み屋とバーが軒を連ねていたが、今は卯波を含めて四軒の店しかない。

「結婚が二回、したがって、離婚も二回。恋とはっきり言えるものは一人だけである」と言う真砂女が、この路地に店を持ったのは昭和三十二年。久保田万太郎に師事した真砂女の、庶民的な俳句と、独特の人なつこさから、この店の常連は文人墨客のたぐいの客が多い。その中の一人だった丹羽文雄も、「かの女の俳句は月や花や雪をよんでゐるのではない。かの女の俳句は、波乱の多いかの女の人生をよんでゐる。俳句の中におのれを投げ出してゐる。……」と、真砂女の第三句集『夏帯』に寄せて、書いている。

去年、米寿を迎えたが、奥の小座敷で開かれる句会の席題に出句したり、カウ

↑店で句会が開かれれば参加するし、客がたてこんでくれば調理場にも入る。

ンターの客の相手をしながら、夜の十時まで店の切り盛りをし、伝票を整理して寝るのは夜中の二時。河岸の仕入れも自らがしないと気が済まない。その間に、ＮＨＫから毎月送られてくる蜜柑箱一杯分の葉書の選句をし、自らもテレビに出演する。俳句専門誌にレギュラー原稿を数本書き、ほとんど連日のマスコミの取材に応じ、誘われれば気軽に吟行にも出かける。病気で店を休んだこともなければ、地方講演に出かけても帰りには必ず店に出る。楽しみは、週に一度二百グラムのステーキを平らげることと、老舗・越後屋で時々着物をこしらえる贅沢。だから会う人には必ず、「今が一番幸せ」を連発する。

掲出句には、そんな背景がある。

「恋とはっきり言えるものは一人だけ」と真砂女に言わしめた彼も、昭和五十一年に亡くなった。その十余年後、彼の奥さんも亡くなり、彼と同じ墓に入った時「初めて嫉妬心が起きた」と、最近出た自伝『お稲荷さんの路地』に書く。この時の一句

亡き人に嫉妬いささか萩括る

も、句集『都鳥』に入っている。

その庶民的な思いを吐露した俳句と、波乱の多かった人生と、そして健康と長寿――そんな真砂女の人生に、自らの可能性と願望を重ね合わせながら同時体験出来るところが、女性ファンの多い原因なのかも知れない。

句集『都鳥』は、今年の詩歌部門で「読売文学賞」を受賞した。ちなみに、掲出句の「衣被」（秋の季語）も、卯波の名物料理の一品である。

←銀座の並木通りの外れに幸稲荷があり、その脇が稲荷横丁である。

←かつてサラリーマンの夜の憩いの場だった稲荷横丁周辺の風景も随分変わった。

↓真砂女が好んで入るのが越後屋。この日は、塩沢上布の反物に目をとめ注文している。

↑初冬の只見川。こんな景が柳津町から上流の只見町まで延々と続く。（三島町）

常温の酒新そばを打ちはじむ

黒田　杏子《ももこ》

最近出た黒田の第四句集『花下草上』の中の一句。季語の現場に立つことを自らに課してきたこの一巻には、この句に優る秀吟も多いが、前書きに「会津三島町　鈴木隆さん」とあるゆえに抽いた。

三島町とは福島県大沼郡三島町のことで、全国的に知名度は低い。俗に奥会津と呼ぶ只見川沿いのこの町に、「ふるさと運動」を標榜する町長、佐藤長雄さんがいた。その佐藤さんの音頭で、只見川流域の九か町村に「歳時記の郷・奥会津」なる組織が出来た。全国からほとんど姿を消した歳《さい》の神も鳥追いも、また雛流しも虫送りも、観光客用でなく、自分達のために残している、まさに歳時記の郷である。

九か町村とは言っても、ここだけで佐賀県の広さがあるのに人口はわずか二万二千の超過疎地。黒田は、この「ふるさと運動」に、旗上げの平成元年からかかわった。今では店を閉じたが、町役場の隣に和泉屋なる古い旅籠があって、ここが黒田の常宿だった。

この宿には黒田の荷物が段ボール二つにして預けてあり、中には原稿用紙からヘアドライヤーまでが入っている。玄関を入ると黒田の色紙「筒鳥や会津の奥にまた会津」が、いやでも目に入るように掛けてある。正月十五日の歳の神の行事は、この和泉屋の真ん前の夜空を焦がす。

　くだんの鈴木隆さんだが、当時は町の企画課の吏員で、黒田の運転手役から身の周りの世話まで焼いてくれた。この町には、姓は知らないが長一郎さんなる蕎麦打ちの名人がいて、隆さんはその第一の弟子。この辺りでは蕎麦を「打つ」と言わずに「ぶつ」と言う。麺棒を叩きつけるようにして打つからだ。六尺豊かな大男の隆さんの麺は、だから固い。

↑会津若松から小出までの只見線は、1日数便が通う。(三島町)

←薪が割られ、大根が干されて、冬の準備が終わる。輪積みされているのは下駄の材。(三島町)

和泉屋に、打ちたての蕎麦と、土地で「あざき」と呼ぶ辛い野生の大根、それに、名酒とはこの酒しかないと思っている地元の花泉の「辛口」を提げて夕方やって来る。酒の進み具合を見計らって、自らが厨房に立ち、蕎麦を茹で、地元で高遠式と呼ぶ辛味大根蕎麦を仕立ててくれる。

　その隆さん、今は町民課長で五十四歳。数年後にやって来る定年を機に、本気で蕎麦屋を開くつもりでいる。

　黒田の『花下草上』の句の多くに、有名、無名にかかわらず、こうした詞《ことば》書《が》きが付く。高浜虚子は、「お寒うございます」「お暑うございます」といった日常の「存問」が俳句であると言ったが、黒田の句もまさに、その「存問」なのである。

↓会津身知らず柿が木にあふれ、庭木の雪囲いが済むと、斎藤清の版画の世界が、そちこちに見られる。(三島町)

万《まん》燈《どう》は星を仰ぎて待てば来る

日蓮上人の忌日法要を御命講《おめいこう》と言い、日蓮示寂の地・東京池上の本門寺では、十月十一日から十三日にかけて営まれる。なかでも十二日の夜の万燈行列は勇壮で、信徒は団扇《うちわ》太鼓を叩き、お題目を唱えながら参詣する。

←本門寺の長い石段を登ると、山門がそそり立っていた。

古舘《ふるだち》　曹人《そうじん》

曹人の一句は、この本門寺で作られた。昭和二十七年の作と言うから、この日は日蓮の七百年遠忌に当たるので、賑わいは例年にないものだったろう。奥さんと一粒種の四歳のお嬢さんを伴って法要に加わった曹人は、こんな自句自解を書いている。

「久ヶ原から現地まで歩いて三十分、子供を肩車にしたまま大群衆の中で夕暮れの万燈を待った」

『東京文学地名辞典』には、御命講の賑わいぶりを紹介する高浜虚子の「四夜の月」の、次の一文が引かれてある。

いわく「日蓮の木像が開帳されて居る。其の目深く被つて居る純白の綿帽子の下漆の如き両眼は静かに我等を見下して居る。其の御顔を見上げて此処にも狂するやうな男女の一群が太鼓も破れよと題目を唱へてゐる」と。

山口青邨門にありながら、実業界でも辣腕《らつわん》を発揮、当時斜陽産業だった石炭会社の最後を見届けたのが曹人である。青邨没後、ともすると四散しそうな結社「夏草」を取りまとめ、有馬朗人、黒田杏子ら重だったきょうだい弟子が、均等に青邨の衣鉢を継げるよう結社創設を計らったのもこの人である。そして自らは俳句界を去った。

曹人を襲った無常は、あまりにも無常だった。もう十年も前のことになろうが、最愛の奥さんを見送った。その悲歎ぶりは、傍目にも辛かったが、そこは曹人のこと、料理を習い、奥さんが日常かかわっていたゴミ出し等もこなし、これに耐えた。と、ここまでは誰にでもやってくる無常だが、このあと間なくして、お嬢さんが他界する。世上最も辛い離別とされる逆縁である。しかも、小さな孫一人を残してである。

その前後のころだったろうか、『芭蕉全集』など一部を残し、蔵書の大方を周囲に譲って、私などには、「家も含めて、死の時はすべてをゼロにしたい」と話した。

その言葉の延長として、曹人から、こんな提案が、彼をリーダーとする句会であった。旅の途上、志半ばで大坂で客死した芭蕉は、九州へ行くことを願っていたはずで、自らの故郷でもある九州へのその架空の旅を、マスコミの手を借りずに、この句会のメンバーでなぞれないか——というものだった。この企画は頓挫《とんざ》しているが、今私は、万燈の一句を前に、嗚咽《おえつ》を禁じ得ない。

←鳩が群れる本門寺中庭。

←法要に向かう高僧を、合掌して迎える若い僧たち。

↑大賀蓮の向こうに見えるのは、聖武天皇が京都の燈明寺境内に建てた三重塔。三渓園のシンボルともなっている。

とどまればあたりにふゆる蜻蛉《とんぼ》かな

中村　汀女

十九歳の時、地元の九州日日新聞（現熊本日日新聞）に投句し、三浦十八の選に入り、その才能を早くから開花させた汀女だったが、その後の結婚と転勤、出産、子育ての中で、俳句からしばらく遠ざかっていた。

税務畑を歩いてきた夫・中村重喜と共に、東京、仙台、名古屋、大阪を経て、昭和五年に横浜にやって来た。子供も三人になり、横浜の生活になれたころの昭和七年、俳句を作る心がよみがえってきたらしく、西戸部の丘の上の税関官舎から、歩いて行ける伊勢佐木町や野毛辺りを歩いて、作句し始めていた。

「本牧《ほんもく》の三渓園に出かけるには少しまとまった暇を要した。市電を降りて桜並木の道を行き、顔なじみになった——こちらだけか——門衛のお巡りさんに挨拶をして、あそこの池の水にすれすれの、低い美しい曲線の汀を見ると、『さあこれから』とそんな心持もして、うれしくなったものである」（『自選自解・中村汀女句集』）

↑秋の気配の感じられる三渓園には、すでにたくさんの塩辛蜻蛉が舞っていた。

この時出来たのが掲出句で、同時に

りいと鳴く虫のこもれる芒かな

いつ来ても園丁の居り末枯《うらが》るる

などの作品と共に発表されている。汀女にとって中断から十年、三十二歳の時の作品である。汀女の作品は、平易で誰にでも分かりやすいのが特徴で、掲出句も句意は明瞭。池を巡って歩いているうちは、さして気にも止めていなかったが、歩を止め立ち止まってみると、池の面と言わず、周囲に何と蜻蛉が多いことか――といった解釈でよかろうが、動作を止めることで新しい場面を現出させる叙法は、当時では新鮮だったのかも知れない。

ただ、日常の些細なことを詠む汀女俳句に「台所俳句」の烙印を押す向きもなくはなかったが、後年、水上勉が「平常心の道」と題し、こんなことを書く。

「人の見のがすような足許の些細に、人生の一大事はある。汀女に激しさはないが、といって軽いのではない。日常茶飯の人の背中にあたる陽や風に永遠のかげろいがある。それを見のがさない視座は、きびしくてふかい。だから、この閨秀は、常凡な家庭の生に腰をおちつけるのである」（朝日文庫『現代俳句の世界』）

汀女は、この年の七月、丸ビルに高浜虚子を訪ね、続いて娘の星野立子にも邂逅《かいこう》している。そして二年後の昭和九年に「ホトトギス」の同人に推され、三渓園で、「さあこれから」と呟いた汀女のゆたかな世界の開花が始まることになる。

↑ミズカンナ（くずうこん科）の花の咲く水面につがいの鴨がいた。

↑田舎家風の草庵「横笛庵」。芥川龍之介の俳句に「笹なくや横笛堂の眞木林」がある。

↓重要文化財に指定されている旧矢箆原家の建物。

↑当時の面影をとどめている旧東京音楽学校の奏楽堂。

↑安井曾太郎の胸像も木陰にそっと建っている。

←多くの芸術家を輩出した芸大出身者の作品は、この陳列館に収蔵されている。

くわりんの実教材につき盗《と》るべからず

沢木　欣一

昭和四十一年から、退官の同六十二年までの二十年余、沢木欣一は東京芸大で日本文学を講じていた。

　その芸大の美術学部の門を入ると、陳列館に並んだ図書館の前に、栃や楠の大木にまじって榠樝《かりん》の木が一本亭々と茂っていた。春になると葉に先がけて淡紅色の花が咲き、秋には数百の大ぶりの実が付き、その芳香がキャンパスに漂う。

　榠樝の果肉は固いうえに酸味が強く生食には適さず、せいぜい砂糖漬にするか、陰干しにして咳止めの薬にするかの用途しかない。でも、あのごつごつした肌合いは画材になるらしく、学生達に利用されていた。悪意はないものの、ついこの榠樝の実を失敬する人がいたのだろうか、手を焼いた大学側は「教材用につき無断で採らないでください　美術学部」の看板を立てた。「実の生る頃になると、いつも欲しいと思う」と、沢木欣一自身も書いている（自注シリーズ『沢木欣一集』）くらいだから、よほど立派な実をつけたのだろう。

　昔から日本人の間には、他人の家の花や木の実を採ることは風流と見立て、とくにとがめることはなかった。そのことも理解出来るが、なにせ学生の教材だから、そうも言ってはいられない、というのが、立て札を出した大学側の真意だろう。その両者の微妙なあわいを沢木欣一は、立て札の文言で見事に掬いとった。

　そろそろ実が、赤ん坊の拳ほどになる頃、くだんの榠樝を芸大に訪ねたが、折悪しく大木の植わっていた辺りに建物が建つらしく、深い穴が掘られ、目ざす榠樝は、枝を詰められ、縄が巻かれ、キャンパスの隅に移植されていた。それでも小さな青い実が、前夜の雨で落ちたらしく、木の周りに落ちていた。

↑芸大の名物だった榠樝の大木も、今は移植され見るかげもない。（右側の木）

　沢木欣一にはもう一句、この榠樝を詠んだ作品がある。

音楽と灯のかがやきにくわりんの実

　美術学部と道路一つはさんで向かい側の音楽学部から聞こえてくる練習の楽器の音色だろうか。これも榠樝の照りと共に、夜の大学の、あるゆったりとした情感を湛えている。

　榠樝の句に思いをいたしながら学内を散策していると、安井曾太郎や藤島武二といった近代日本の画壇を担った〝巨人〟の胸像がさりげなく置かれてあったり、大きな塑像が大木の根方にそびえていたりと、芸大の果たしてきた、ある大きな役割をも感じることが出来る。

↓付近の上野の森は、終日子ども連れで賑わう。

銀杏《いちょう》散るまつただ中に法科あり

山口青邨《せいそん》

←古めかしい学び舎に秋の赤い日差しが差し込む。

←黄落にはやや早いが、赤門そばの銀杏も黄ばみはじめていた。

東大の正門を入って、突き当たりの安田講堂までの数百メートルの道筋に銀杏並木がある。新芽のころも、青々と茂った初夏の景も見事だが、十一月の末から色づいて、初冬の木枯らしに散るさまは一層美しい。

掲出の一句も、青邨が三十二年間教壇生活を送った東大の風景。「大学の庭にて」の題で発表した

いまはいろはもみぢも冬木かな
学び舎《や》にともり銀杏は夜も散り
顕微鏡見し眼に冬の三日月を

など八句の中の一句だが、秀吟はやはり「法科」の一句だろう。

「法科」は現在の法学部で、明治以降わが国の優秀な人材を輩出したシンボルだが、ここで言う「法科」とは学部のことでなく建物を

←三四郎池には、〝冬の使者〟鴛鴦のつがいがやって来ていた。

指す。

「法科」に限らず、東大の建物は、どれも古めかしく、いかめしく寄りつきがたいが、秋から冬にかけての光景は、ある種の寂寥感が漂う。この秋写真取材に訪れた時は、あいにく「法科」には覆いがかけられ、銀杏並木も大改修のさ中だったが、亭々とした樟の大木や三四郎池に既にやってきている鴛鴦《おしどり》のつがい、弓道場から響いてくる女子部員の掛け声も、どこか哀感があった。

　昭和十四年に教授となり、翌年には日本学術振興会委員となった青邨の近辺は、学術研究だけでなく多忙を極めていたに違いない。しかも、第二次世界大戦への暗雲が垂れ込めていた時期。既に四十九歳になっていた青邨は、ただごとでない思いで初冬の学内を見回していたことだろう。


自句自解にも、「文科あり」でも「工科あり」でも面白くないと、青邨は書くが、「法科あり」でなくてはいけなかった、とは書いていない。

　この東大の赤門の真向かいの路地を入ると「法真寺」という浄土宗のお寺がある。その少し奥に、樋口一葉が四歳から九歳まで（明治九―十四年）住んだ「桜木の宿」の跡がある。一葉晩年の日記によく出てくるのが、この「桜木の宿」でもある。明治二十八年発表の小説『ゆく雲』に出てくる「此方《こかた》の二階より見おろすに、雲は棚曳く天上界に似て、腰ごろもの観音さま濡れ仏にておはします」の「腰衣観音」が、法真寺の境内にある。

　その腰衣観音と東大の間に、長い長い時間の経過があった。今秋が終わろうとしている。

↑東大の構内には、樹齢数百年の大木が亭々と枝を広げている。

↑弓道場から女子部員の声が静かな構内に響きわたる。
↓一葉の小説『ゆく雲』に出てくる腰衣観音は法真寺の境内にある。

↑八幡宮と並んで修学旅行のメッカとなっているのが、この大仏さま。

大仏の冬日は山に移りけり

星野　立子

鎌倉は七つの切り通しによってのみ外との交流を図れる自然の要害の地だった。後ろに山なみを負い前に海を望める鎌倉に住むことは、東京近郊の人達のあこがれでもあった。立子も、父虚子と一緒にこの地で過ごしているから、四季折々の山の姿を、日常の起居の中で眺めていたのであろう。

特に葛原岡から大仏の切り通し上に通ずる尾根はなだらかで、いかにも大仏の借景に相応しいし、その尾根から望める大仏の後ろ姿には、どこか人懐かしさを覚える。〝大仏さま〟の愛称で呼ばれる高徳院清浄泉寺の大仏は造立の当初は木造だったが、台風で倒壊したため青銅製に造りかえられた。その大仏殿も津波で流されてから露

↓鎌倉の大仏の美男ぶりを有名にした与謝野晶子の歌碑。

座仏となり現在に至っている。

「この大仏さまいつ立ったか知っている人?」「……」「座ったままですから、まだ立っていません」——こんな解説をするガイドに引き連れられて、大勢の修学旅行生がこの地を訪れる。

人影も途絶えたこの辺りを散策していた立子の目に、つい先ほどまで大仏全体を覆っていた冬日がかげり、後ろの山に移っていった風景が見えた——というだけの句意である。この一句に対する評言は、昭和三年三月号の「ホトトギス」の雑詠句評会の中で、富安風生が「ただ何の巧みもなしに、素直にそのままを叙しただけで、あたりの光景がはっきりと描き出されている」と言えば、虚子も和して「何もたくまず見たまま、心に感じたままを其まま叙べるという好い例である」と述べている。

↑一年中花の絶えない寺と永井路子さんが紹介したのが、大仏近くの光則寺。

『立子句集』は昭和二十一年に刊行されたが、その序文に虚子は大事なことを言っている。

「立子の句と全く反対の立場にあるものは加賀千代の句であらうか。理智に富んだ千代の句はややもすると儀礼にからまつた人情の句にならうとする傾がある」

加賀千代ファンには悪いが、千代を有名にした

朝顔に釣瓶《つるべ》とられてもらひ水

などはまさに人情の俳句。正岡子規も『俳諧大要』の中で「通俗的」「俗気多し」「風流心の押し売り」と言葉の限りを尽くして否定している。

この大仏の背後の木叢の中に与謝野晶子の、〈鎌倉やみほとけなれど釈迦牟尼は美男に在す夏木立かな〉の歌碑がある。そう言えば、後ろ姿も美男ではある。


↓長谷で最も観光客が絶えないのが大仏と、ここ長谷寺。写真の水子仏でも知られている。

↑開催日には大混雑する平和島競艇だが、レースのない日は閑散としている。

水枕ガバリと寒い海がある

西東《さいとう》 三鬼《さんき》

三鬼は昭和三年から十七年まで東京・大森に住んでいた。現在のJR大森駅から五分も歩くと大森海岸に出られた。品川から羽田にかけての海には海苔粗朶《そだ》がびっしり並び、晴れた日には海苔干しの板がところかまわず立てかけられていた。そんな光景が、埋め立ての始まる昭和三十年代の初めまで見られた。戦前は蟹料理の店や船宿が軒を連ねていたし、空気のきれいな大森海岸で、結核の予後を療養する人も多かった。

　三鬼の住居は大森海岸から一キロほど下がった、今の大森駅の近くにあった。三鬼をよく知る幡谷東吾によると、

「大森駅東口前の現在の東急ストア（これも現在はない＝筆者注）右通りに面した家に彼を見舞った。手前に細い路地があって、奥へのびる二、三軒の長屋だったような気もするが、彼の家は道路に面したいちばんのとっつきにも拘らず、妙に日当りの悪い家だった記憶がある」（『西東三鬼読本』）

という感じだったらしい。

　ここで三鬼は急性の肺浸潤の病に倒れる。三鬼の出世

作となった掲出の一句は、この病床で成った。自句自解によると、「家人や友達の憂色によって、病軽からぬことを知ると、死の影が寒々とした海となって迫った」のだと言う。

毎夜続く四十度の高熱の中、三鬼の心は高揚してくる。しかも水枕の感触と、あの独特の音の現実から、寒い海へと連想が飛躍するのである。そこが、後々まで人の口の端にのぼりながら、三鬼の代表句として残ったゆえんだろうと思う。

ただ、私にはこの句に対する別の思いもある。昭和十年二月号の俳誌、「旗艦」に三鬼は「自由人日記」と題して、こんなことを書いている。

「芸術の嘘はそれが巧であれば、現実よりも現実性が多い」「傑れた芸術は、傑れたる嘘なり」

高熱にうなされている三鬼の脳裏に、こんな思いが横切ったかどうか分からないが、ダンディーな三鬼の一生を見渡すと、この言葉の〝まこと〟が「水枕」の一句にも響いているように思えてならない。

六十年前の三鬼のことを思いながら大森周辺を歩いていると、海岸線が沖合いに二、三キロせり出しただけでなく、街そのものも薄っぺらになって、海のイメージが剥落していることに気付いた。

↑三鬼が住んでいた辺りの通りは、当時の面影をまったくとどめていない。

←大森海岸には、蟹の店や天ぷら屋が軒を連ねていたが、それらの店もほとんど姿を消した。

↓品川から羽田にかけての海では海苔が採れ、小舟が行きかい海苔干しの光景も見られたが、現在は海苔の老舗が唯一の名残。

木がらしや東京の日のありどころ

芥川龍之介

↑ JR 田端駅前には、立派な文士村案内板が立っている。

←大正３年から芥川が住んだ澄江堂跡。（左手の家）

芥川龍之介が東京・田端に住み始めたのは大正三年だった。前後して、思想家の岡倉天心、洋画家の村山槐多、石井柏亭、社会運動家の平塚らいてう、小説家の室生犀星、歌人の太田水穂・四賀光子夫妻に鹿児島寿蔵、それに英文学者の野上豊一郎・小説家の野上弥生子夫妻らも近くに移り住んできた。さながら、戦後の中央線沿線の文士の交歓を思わせる環境が、明治から昭和の初期にかけて、田端周辺にはあった。

その田端のＪＲ駅の近くの田端文士村記念館を訪ねると、この周辺の、かつてのよき時代の文士・芸術家村の地図を詳しく教えてくれる。

芥川の旧居は、現在の田端駅前通りの、旧切り通しから左手の高台にあって、一歩出ると田端駅の旧操車場を一望に見渡せる位置にあった。いったん田端に住んだ芥川は、鎌倉や横須賀、藤沢を経て再び大正八年に田端に戻り本格的な文筆活動を始めることになる。その居を我鬼窟、のちに澄江堂と称した。近くに住む瀧井孝作、室生犀星らと俳句もよく作った。

芥川は、その生涯に六百余句の作品を作っているが、『澄江堂句集』に残した作品は、掲出句を含めてわずか七十七句しかない。

蝶の舌ゼンマイに似る暑さかな

青蛙おのれもペンキ塗り立てか

といった機知的なおもしろさを狙ったものや

蛇女みごもる雨や合歓の花

の怪奇趣味の作品までこの句集に入っている。

ただ芥川には「凩の果はありけり海の音」で〝凩の言水〟の異名を取った池西言水の影響をうけた

木がらしや目刺にのこる海のいろ

を始め、

凩にひろげて白し小風呂敷

凩のうみ吹きなげるたまゆらや

のように凩の作品が多い。

↓体の病のあるところに赤紙を張ると治ると言われる赤紙仁王も近くにある。

↓かつては寂しい切り通しだったが、この左手上に澄江堂はあった。

東京生まれの東京育ちの芥川に、凩と「東京の日」がどう映じたのだろうか。薄日の射す晩秋の田端辺を散策していると、凩の空から漏れてくる薄日に、落葉を散らす乾いた音に、どこか故郷を持たない芥川の、寂寥感にたどり着く思いを抱いた。

と同時に、かつての私の学生時代、ほとんど毎夕渋谷で出会えた志賀直哉の姿同様に、路地の向こうから岡倉天心や室生犀星が、ごく日常的に現れてくる錯覚にとらわれた。近くの寺の焚火の匂いが、田端のそんな時代にいざなってくれたのかも知れない。

霜つよし蓮華とひらく八ヶ嶽

前田 普羅《ふら》

↑八ヶ嶽の山頂に黒雲がかかったとたん、吹雪のような風花が舞い始めた。

昭和十二年、「日本俳壇三十人集」の一人として「東京日日新聞」に発表した連作「甲斐の山々」五句の中の一句。その他の四句

茅《かや》枯れてみづがき山は蒼天《そら》に入る
駒ヶ嶽凍て丶巌を落しけり
茅ヶ嶽霜どけ径を糸のごと
奥白根かの世の雪をかがやかす

と共に普羅の代表句となった。

これら一連の作品は、甲斐の詩友・飯田蛇笏を訪ねた折のものだから、掲出句の八ヶ嶽も、茅ヶ嶽、瑞牆山《みずがきやま》、駒ヶ嶽、奥白根までもが、蛇笏の山盧《さんろ》付近から一望に見渡せたのだろう。

撮影のこともあるから、いくら山々が一望に見渡せても、山梨県の境川村の山盧付近からの取材は困難。そこで、かつて八ヶ嶽と駒ヶ嶽が前後に見えた小淵沢の高台を、私は撮影地に選んだ。それも冬の八ヶ嶽が順光で撮れる午後の光線を選んで現地に入ったが、八ヶ嶽は機嫌が悪く、上半分を黒雲が覆い、その雲から吹雪のような

風花が吹き付けるだけだった。

　振り返ると、山なみの真上に来た太陽の逆光線の中に、山盧から見た山容とは違うかも知れないが、深田久弥が『日本百名山』の中で日本アルプスの代表的ピラミッドと書いた、切りたった甲斐駒ヶ嶽の威容があった。

　さらに、その左の山脈の切れた辺りに、富士の霊峰が際立って表れる。ここからは、葛飾北斎の描く「赤富士」が見えるはずだが、時刻も気候もそれに相応しくないのか、黒い山容の輪郭があるばかりだった。

　猛烈な風花を送り続ける八ヶ嶽は晴れる様子もない。「霜つよし」と普羅が書く、凛とした空気の張りつめる早朝の景とは、およそ違う八ヶ嶽との出会いとなったが、雲に覆われた八ヶ嶽の八つの峰々を「蓮華と開く」と形容した普羅の心に嫉妬心さえ抱く。

　ただ、甲斐駒ヶ嶽の左手奥の雲に隠れた奥白根を「奥白根かの世の雪をかがやかす」と詠んだ普羅の「かの世」の道筋に「蓮華と開く」があることは、うすうす理解出来た。

←「凍て、巖を落しけり」と普羅が詠んだ甲斐駒ヶ嶽。（中央）

↑青南小創立70周年記念に建てられた句碑。

降る雪や明治は遠くなりにけり

中村草田男《くさたお》

気骨のあることで有名な明治生まれの人が亡くなったりすと、新聞はよく、中村草田男の句の「明治は遠くなりにけり」を引用する。こんな風に使われる俳句は多いが、言ってみれば、これらの俳句が作者の手から離れて、日本人共通の文化として口遊《くちずさ》まれているということだろう。

草田男の「降る雪や……」の句碑は、東京・南青山の港区立青南小学校の校庭に建っている。草田男自身は反対だったが、同小学校の創立七十周年記念事業として、同窓会やPTAにくどき落とされて、昭和五十二年二月二十四日に建立された。

草田男は明治四十四年から四十五年にかけて青南小学校に在学している。学年で言えば、四年から五年の夏にかけてであった。そこで、担任でもある青年教師・菅沼新太郎に出会っている。その菅沼から明治人としての気骨と情熱を徹底的にたたき込まれた草田男は、二十年後、大学生になってからだが、同小学校を訪れ、この一句を作っている。幸い、昭和十四年三月号の雑誌「俳句研究」に、この一句について長い自句自解を残している。

↓ビルの谷間にひっそりとお稲荷さん。

↓蔦に覆われた古い家並も残る南青山界隈。

二十年ぶりに青南小学校辺りを散策した草田男は、そこで見た路面の勾配も、石塀や生垣の沢山ある邸宅も、門燈のかしぎ、立木の細枝の重なり具合も、すべてが二十年前と変わっていないことに驚く。しかし青南小学校の中庭に見た光景は、金ボタンの黒外套にまとわれた子供達の姿であり、黒がすりの着物に高足駄を履いた明治の草田男の時代の小学生の姿との違いに驚いた――と述懐する。

そうした思いが、「明治は遠くなりにけり」の思いを引き出したに違いないが、そこで出会った青年教師・菅沼への思いも強く働いていたのだろう。

ただ、この一句の出自には一つの〝事件〟があった。発表の数か月前の「ホトトギス」句会報に、〈獺祭忌明治は遠くなりにけり〉（芥子）の一句が載っていて、盗作では、と言う人も現れた。しかし「獺祭忌《だっさいき》（正岡子規の忌日）」と「明治は遠くなりにけり」の配合では、事柄の叙述に終わって「降る雪や」のモンタージュ効果は出てこない。当然のことながら、盗作の噂も沙汰やみになった。

もう一つ、この作品には叙法上の欠点があった。一句の中に二つの切れ字を詠み込んではいけないことは、俳句作りの「イロハ」なのだが、草田男は「や」と「けり」を使った。しかし、それさえも「強い感動に調和」されていることとして容認されるようになった。

昭和六年から六十年余経った今、青南小学校も周辺の風情も、当時をとどめるものは何もない。

↓今はモダンなビルが林立。

↓買物客の目を集めるカラフルな店先。

↑ 10月末、既に旧北海道庁周辺の風情は“冬”。

馬の尻馬の尻ここは雪の国

細谷　源二

北海道で「道産子《どさんこ》」と言うと、もちろん北海道生まれの人も指すが、もともとは北海道で産出した馬のことを言う。この馬、実は渡島《おしま》地方を中心に産出する馬で、ひづめが丈夫で、頑健で、しかも粗食に耐え、寒さに強いとあれば、開拓時代の北海道に、これほどふさわしい馬はなかった。

江戸末期のころだが、北海道は異常な鰊《にしん》漁に湧いた。この漁のため本州から渡った漁師を「やん衆」と呼び、鰊漁のころの曇り空を「鰊曇り」と呼び、鰊そのものを「春告魚《はるつげうお》」と言い、これらはみな春の季語となっている。

そんなころ、「やん衆」と共に本州から渡った東北の南部駒が、漁期の終了後現地に置き去りにされ、厳しい自然の試練に耐えて繁殖したのが道産子だとされている。現在、渡島地方で産出する種が、その子孫である。

四十年ほど前になるが、札幌で暮らしていた私には珍しい土地の言葉「馬糞風《ばふんかぜ》」があった。何ということはない雪融けのころ吹く風のことだが、

↑小樽の観光スポット「運河」。早朝は観光客もまばら。

かつては雪と共に凍り固まった馬糞が、雪融けと共に舞い上がるからこう呼ばれた。鰊漁に限らず、当時いかに馬が労役に使われていたかをうかがわせる言葉である。

　使役に使う馬を、古くは輓馬《ばんば》と呼んだ。その輓馬を集めて行うのが、現在も北海道のあちこちで行われている挽曳《ばんえい》競馬である。馬橇《ばそり》に重い荷を乗せ、起伏のある馬場を曳かせて競う競馬である。これなどは、馬と寝食を一つにする人々の娯楽の名残りなのだろう。

　細谷源二は、昭和十六年、新興俳句事件に連座した罪で二年半留置所生活を送るが、終戦の一か月前に、一家を引き連れ、開拓民として北海道に渡った。その代表句「地の涯に倖《しあわせ》ありと来しが雪」のように、その自然の厳しさに驚いた。そして開拓者としての暮らしはもっと厳しかった。「貧久し薪をぶつさく寒の音」「父の死や布団の下にはした銭」「母の衣を売るや寒光につらぬかれ」と貧困の極みを詠み続けた。

　そんな中で救われるのが、掲出句で、「馬の尻馬の尻」のリフレーン（繰り返し）には、どこかユーモアさえ漂う。しかも自ら主唱する「はたらくものの俳句」にかなうように、馬の尻を描きながら、それが果たされている。


↓小樽の夕景。仕事を終えた馬を洗う場面も。

↓小樽にはこうした観光客向けの馬車が目立つ。

青き足袋穿《は》いて囚徒に数へらる

秋元不死男《ふじお》

←↑東京拘置所と綾瀬川をはさんだ向かいにある薬師寺の“みちびき地蔵”。刑期を終えた受刑者がよくお参りに訪れた。

昭和十六年二月四日、不死男は特高警察の二人の刑事に寝込みを襲われた。暁方、不死男の布団にもぐり込んできた小学校二年生の長男の目の前での検挙だった。これが世に言う「俳句事件」で、十三人が挙げられた。新興俳句の自由主義的傾向に治安維持法の乱用を始めた特高が、前年の二月と五月、八月と相次いで平畑静塔、三谷昭、西東三鬼ら十五人を検挙した、いわゆる「京大俳句事件」のほとぼりも冷めぬ頃だったから、不死男自身も、いずれは己にも、の予感があったという。

「誘導尋問に引っかかって、治安維持法違反を立証してしまった」不死男は、十か月過ごした警察の留置所から、起訴決定により、この年の十二月、東京拘置所、いわゆる小菅監獄の独房に移された。

獄中のいでたちは、「青い襦袢《じゅばん》と青い褌《ふんどし》、青い袷《あわせ》に青い帯、そして青い足袋」（自句自解）の青ずくめだった。掲出句の「青き足袋」は、このことを指す。獄に入って、いよいよ収容者になったという厳しさを感じながらも、「急に戯画化された自分をおかしく思う心持が入り交じり、むなしい乾いた笑いが顔にうかんでくる」とも自句自解に記している。

この句を収める句集『瘤』は昭和二十五年に出ているが、うち百数十句が獄中の回想だから、当時の俳壇に異常な衝撃と感動を与えた。掲出句を始めとする獄中回想は、正式には昭和二十一年、つまり戦後の作となっているが、当時は作品を発表する事情になかったからである。ただ、これら作品は、わずかな紙片に俳句の上五や頭文字だけを書き、以下を記憶して、保釈後持ち出されていた。

現在の東京拘置所周辺を経めぐっていると、不死男の保釈から二年後に東条英機ら戦犯が、この拘置所に収監されたこと、この付近の常磐線で起きた「下山事件」など、当時の暗い日本の思い出が頭をよぎる。

↓荒川の鉄橋を渡る東武電車の音が、独房の秋元不死男の耳にも届いたかも知れない。

↓荒川の土手から見える東京拘置所の全景。中央が監視塔。

↑新日本名木百選にも選ばれた樹齢750年の柏槇の古木。

建長寺さまのぬる燗《かん》風邪引くな

石塚　友二

建長寺は鎌倉五山の第一位とされ、臨済宗建長寺派の大本山。正しくは巨福山建長興国禅寺と言う。

この建長寺で毎年、寺ゆかりの時頼忌（十一月）に俳句大会を催していた。戦後、疎開先の郷里・新潟から鎌倉に戻った友二も、この句会にリーダー格で出ていた。大会が終わると、引き続き書院で鉢の木句会なる句会が必ずもたれた。堅苦しい大会と違い、この句会では酒も出た。いわゆる般若湯《はんにゃとう》である。

初冬とは言え、鎌倉の夜は冷える。徳利が回りながら燗が冷める。赤提灯の熱燗という具合にはなかなかいか

↓県重文の三門（三解説門）と国宝の梵鐘。

ないが、それでも一座の面々にはありがたかった。この場面をすかさず見て取った友二が、掲出句をものした。

禅宗の寺には、必ず入口に「葷酒《くんしゅ》不許入」の石碑が立っている。葷とはニンニクのように臭いもの。その葷と酒を寺に持ち込んではならない、というのである。そこはそれ、戒律とは人のためにあるもの、般若湯などと称して酒も持ち込まれる。掲出の一句も、建長寺で酒を振る舞われるだけでもありがたいことだが、それにしても燗がぬる過ぎる。ご一同風邪ひかぬように――と、微妙な表現になっている。

もう一つ、「風邪引くな」の命令形が、何とも優しい。芭蕉にも命令形の句が沢山あるが、ことごとくが、風土やそこに居合わせた人々への優しい呼び掛けになっているか、芭蕉自身へのねぎらいの言葉になっている。友二の一句も、一座の面々にそう言いながら、自身へも問いかけている節も読める。

晩秋の一日、建長寺を訪ねて見た。確か掲出句の句碑があると思っていたが、あったのは、友二の別の一句

好日やわけても杉の空澄む日

の句碑であった。友二に惚れ込んだ、当時の宗務総長・大井堯洲老師が建立したと言う。僚友の石田波郷が、掲出句より、句碑にするなら、この句の方がよくないかと冗談半分に言ったというが、「私の俳句は作り捨てにして然るべき性質のもの」と言う友二にとって、句碑を建てることにさえ、はじらいがあったのかも知れない。

山本健吉氏の「同じ『鶴』の仲間の、波郷と違って、彼には詩魂の高い昂揚はない。だが暖かい庶民感情の上に、飄逸《ひょういつ》な、だが頑固な風格を打ち樹てているところ、一茶の直系とも言うべきであろうか」の友二評が、掲出句にも当たっている。

→建長寺境内に建つ友二の「好日やわけても杉の空澄む日」の句碑。

↓鎌倉の寺々では冬の準備が始まっていた。（円覚寺で）

白日は我が霊《たま》なりし落葉かな

渡辺 水巴《すいは》

九段上からJRの市ヶ谷駅に向かって左に百メートルほど折れると、そこに東郷元帥記念公園はあった。都心部では珍しい百年を超す巨木が林立する中に、目指す篠懸《すずかけ》の大木もあって、初冬の空に亭々と葉を広げていた。

ここは東郷平八郎が昭和九年に他界するまで住んでいた屋敷跡。

靖国通りをはさんだ当時の麹町六丁目に住んでいた水巴は、仕事に疲れると麹町四丁目のこの辺りをよく散歩していた。東郷邸の裏通りには篠懸の大木があって黄葉を散らしていたが、ある日、篠懸は上枝も下枝も払われ、冬の白日が辺り一杯にそそいでいた。

「その白日の玲瓏さ、荘厳さに私はハタと打たれて恍惚と佇んで居るうちに」掲出の一句が浮かんだと、水巴は言う。「白日は私の霊《たましい》の正しい姿である」ことを観じた水巴の「生命俳句」具現の瞬間でもあった。

ところがこの一句には、長いこと賛否両論があ

った。水巴の超現実的飛躍に賛辞を贈るものもあれば、「主観がまだ完全にほぐれていない」「素直に感動を与える程度にまで昇華されているかどうか疑問」と、首をかしげる人達もいた。

その真実を知りたくて、初冬の一日この辺りを歩いた。水巴が「路地の家」と呼ぶ自宅は、「電車通りの、郵便局の筋向かい、小間物屋と電気機具屋の間の小路を入った左側の、取っつきの格子戸の家」だが、戦争をはさんだ七十年の歳月は、一切合財を押し流し、路地という路地は、マンションで埋め尽くされていた。

そこから歩いて五、六分のところに東郷邸跡はあるが、水巴がおそらく見たであろう高さの篠懸の下に立つと、一時雲が切れ、初冬の陽が葉むらにたっぷり注いだ。水巴のようにこみあげてくるものは俗人の私にはないが、「白日は我が霊なりし」と断定した水巴の強い主観にうなずくことは私にもできた。

↑かつてお屋敷町だった麹町かいわいも、今ではモダンなビルの町に。

→東郷元帥の屋敷跡に作られた記念公園。水巴の句材になった篠懸の大木もある。

↓JR市ヶ谷駅下の神田川脇には釣り堀も。

落葉掃くこともいただき寺貰ふ

無着　成恭

永年適わなかった大分・国東《くにさき》への旅が、今年実現できた。もう一つ、これまた子供の頃から永年恋慕の念を抱いてきた無着成恭に会うための旅でもあった。恋慕とは異性を恋い慕う意だから穏やかではないが、世阿弥の能学論の中では、柔和なうちにあわれを含んだ趣の曲の事で、紅葉《もみじ》に例えられてきた。折から国東も紅葉の候、無着の句集『忸怩戒《じくじかい》』を鞄に国東へ出掛けた。

教育者で宗教家で知られる無着の活動の場は、著書『山びこ学校』以来、山形と東京に限られていたことを知っている人には、「なぜ国東に?」と思われる。そう、曹洞宗の僧でもある無着は、六年ほど前、同宗の総本山総持寺からの特命で、国東半島の泉福寺に派遣されて来ていたのである。この寺は江戸時代には曹洞宗の九州総本山として栄えた。

くだんの無着は、宿で待っていてくれた。そして夜の宴席。ものの十分もしないうちに、無着の口からポンポン駄洒落《しゃれ》が飛び出す。先の句集名『忸怩戒』が「自句自解」の洒落であることを承知はしていたが、その諧謔《かいぎゃく》ぶりには仰天した。私の連れは皆、安堵の顔をしている。

↓天念寺前の川中に建つ磨崖仏、川中不動。

↑仏の国国東はどこへ行ってもこんな風景に出逢える。

これも無着の計らいなのだろう。

その夜部屋に戻ってからの句会に、私は

冬日向のやうに酒席にゐてくれし

の一句を出した。

さて、無着の掲出の一句だが、自句自解には「東京・山の手線から一時間前後で行けるところ、檀家は二十戸ぐらいの小さな寺」とあり、昭和六十一年の作だから、もちろん国東での作ではない。

その頃無着は、教育者としてより、宗教家として本気で宗教活動をしてみたいと思っていた。ちょうど五十歳を過ぎた頃だと言う。この句の自句自解もまた奮っている。

「その頃から、また俳句（みたいなもの）をつくりはじめた。ペンネームは、志木千花子とした。シキ・チカシ（死期近し）と読む。武蔵小金井に住んでいたので志木が近かったこともあるが、私のいのちは、生まれてきた日よりも、死ぬ方に近くなったのだという気持ちがこういう俳号にしてしまったのだ」

そうは書くが、戦後臼田亜浪に手ほどきを受け、一時中断があって、鷹羽狩行の「狩」創刊に参画しているくらいだから、俳歴は相当に長い。

無着を見送った後、二日間経巡った国東半島には種田山頭火の句碑が多い。「いたゞきのしぐれにたゝずむ」「こんな山水でまい〳〵がまうてゐる」「ぬれてしぐれのすゝきわけのぼる」「日暮れて耕やす人の影涼し」の四基に出逢ったが、どこか無着の句に通う趣がある。誤解を恐れず言わせてもらえれば、分別の放擲《ほうてき》かも知れない。

国東の風土の中から無着は、何を引っ提げて、また我々の前に現れてくれるのだろう。

←無着は気軽にカメラに応えてくれる。（両子寺）

↓国東には山頭火のこんな句碑が多くみられる。（あかねの郷）

←豪華客船の寄港地、横浜の大桟橋。「みなとみらい21」のビル群と好対照の古い横浜の顔がある。

↓日本一の高層を誇るランドマークビルを中心に、「みなとみらい21」の建物がそそり立つ。

白き巨船きたれり春も遠からず

大野　林火

横浜に生まれ、横浜で育った大野林火の、春を迎える感慨である。林火三十一歳の時の作。

自句自解に言う。「観光船は三月になると必ず訪れる。エンプレス・オブ・ブリテンなどの巨船が数百人の観光客を乗せて、桟橋の端から端をたった一隻で占めるともう春も間近だ」

花が咲き、樹々が芽吹き、燕がやって来て春を感じるように、横浜の人達は、巨船が沖合いからやって来ることで春を敏感に感じとっていたのかも知れない。

出会いと別れ。港にはさだめの、この必定の中から、林火は巨船の到来を春と認識していた。自句自解は更に続く。

「外人相手の店の立ち並ぶ弁天通り（いまはなくなった）が賑わった。いや、横浜中が一挙に活気づくといってよい。三々五々、物珍しげに人力車を連ねる外人が関内、伊勢佐木町に見受けられ、そんなことがわれわれ外人観光客に直接縁のない者をも、何か浮き浮きさせるのだ。つまりそれが春の到来を如実に語っていたからであろう」

「みなとみらい21」に代表される今の横浜に、六十年前のイメージを重ねることも難しいが、新聞に小さく載る「出船・入り船」の告知が、唯一当時の名残をとどめる。

そう言えば、高浜虚子もこの翌年（昭和十一年）の二月十六日に、末娘、章子を伴って、この横浜からヨーロッパへの旅に発っている。

林火は、昭和六年十二月末、三歳の長男、正巳を失い、次いで翌七年三月に妻、歌に先立たれている。

棺に入るるクリスマスのチョコレートも

死顔に涙の見ゆる寒さかな

は、長男と妻への追悼句。そして、その年の新盆には、

燈籠にしばらくのこる匂ひかな

の一句を残している。

翌八年には、臼田亜浪主宰の「石楠」の先輩で、同じ横浜在住の飛鳥田孋無公を見送っている。

これらのことどもを下敷きに、掲出の一句を読むと、「春も遠からず」の惜辞が、単に「白き巨船の来」たことだけでないことも分かってくる。

↑時計塔がシンボルの横浜名所の一つ、横浜開港記念館は、今でも観光客の被写体に。

↓中華街は横浜市民や観光客の胃袋として今も健在。

佃島渡しの跡や鳥曇《とりぐもり》

石川 桂郎

←佃島の掘り割りに新と旧。左手に銭湯も残っている。

築地辺りから望見する限り、そのビル群の威容は、佃島の生活を一変させただろうと思われた。細い路地に軒を連ねて暮らす、漁師街風の古い東京も既になかろうと思った。梅の咲くころ、久しぶりに佃島を訪ねてみたが、遠見とは別に、島の中を縦横に走る路地は健在で、軒下に春の草花を咲かせる暮らしもあった。銭湯も佃煮屋もあり、掘り割りに係留される漁船は釣り舟に取って変わったが、かつての佃島は、まだそこで息を衝いていた。

　大坂城攻めの折、洪水に難儀した徳川家康は、摂津国佃村（大坂）の漁師に助けられた。江戸幕府が開かれると家康は、佃村の名主・孫右衛門以下漁師三十余人を江戸に招き、隅田川下流の中州に住まわせ、漁業権を与えて、その恩に酬いた。

　漁師たちは故郷・佃村の一字を取って佃島とし、大坂の住吉大社から分社した住吉神社を建て、氏神とした。この社に伝わる佃囃子は江戸三大囃子《ばやし》としてつとに名高い。

　黙阿弥の『三人吉三《さんにんきちざ》』の大川端の場で聞かせる「月もおぼろに白魚の、篝《かがり》もかすむ春の宵」の台詞《せりふ》は、佃島の白魚漁の篝のこと。ここで獲れた白魚は将軍家に献上し、諸侯の屋敷に納めた魚の残りの雑魚《ざこ》を、濃い味で煮つめたのが佃煮で、当時はブランド品だった。参勤交代で帰国する武士たちが家苞《いえづと》として持ち帰ったため、全国に知られるようになり、佃煮は固有名詞から一般名詞に変わっていく。

そんな佃煮を商う店が、島の随所にあり、あの匂いに誘われるように人々が暖簾をくぐっていく。

さて、「鳥曇」だが、これは春の季語。秋にやって来た冬鳥が、春に北方に帰っていくことへの名残の思いで、「鳥雲に入る」とか、略して「鳥雲に」とも言う。秋に北方から渡って来る折も言葉を尽くして迎えるが、帰る鳥への愛惜の念が古人には強かったらしく、単独に引鶴《ひきづる》、戻り鴫《しぎ》、春の雁、白鳥帰る、帰雁《きがん》、引鴨《ひきがも》などの季語も生まれた。

石川桂郎は、昭和四十六年の春まだ浅いころ佃島を訪れ、この一句を残した。同三十九年に佃大橋が出来ているので、既に名物の渡し船はなかった。だが、関東大震災や第二次世界大戦の災厄から免れた佃島は、古い東京の面影を残していたはず。港区の三田に生まれた桂郎にとって、つい目と鼻の先の佃島への挨拶の思いがあったことだろう。

←住吉神社境内に残る鰹塚が往時をしのばせる。

↓佃煮の元祖は健在。今も老舗が残る。

←島の至るところに生活臭のする路地が走る。

↑こんな細い路地にも季節季節の物売りが、かつてはやって来ていた。

↑軒下に鉢植えを所狭しと置く下町の暮らしぶりがあちこちに見られる。

洋傘《こうもり》しか抱くものなし毒消売

加倉井秋を

街中から物の売り声が消えて久しい。かつて日常生活の一部だった、例えば、納豆売りや蜆売りの声で雨戸を繰り、豆腐屋のラッパの音で夕餉の火をおこす——こんな習慣さえもが、われわれの周囲から姿を消した。

松宮三郎著の『江戸の物売』によると、かつては、二百を超える物売りが、季節の移り変わりと共に、庶民の住まう路地路地にやって来ていた。そんな情景を描写した村田了阿編の『市隠月令《しいんがつりょう》』の六月（旧暦）の項には、次のような風景が描かれている。

「真桑瓜、丸漬瓜、西瓜、夏桃呼ぶ声いづれも暑し、鰌《どじょう》売、蒲焼売、ござ売殊に日盛に呼びありく、いと暑し、きんとんささげ売、菖蒲売、菖蒲団子売、又暑し……土用に入日より新芋売つとめて聞ゆ、いよいよ秋のあはれ身にしむ心地す」

毒消売りもその一つで、紺絣の筒袖に前掛け、これまた紺の手甲と脚半、手拭と菅笠をかぶり、黒木綿の風呂敷を背負うのが定番だった。主に富山や新潟方面からやって来るが、中でも新潟からの娘さんが多く、「毒消しゃいらんかなァー」の売り声が特徴で、戦後の歌謡曲にも取り込まれている。

夏の盛りの食中毒や暑気あたりに効く解毒剤を売り歩くところから、歳時記では夏の部に入る。同じ夏の季語では、水売り、氷売り、それにへびとんぼの幼虫で、子どもの疳《かん》の薬になる孫太郎虫売り、扇の地紙を売り歩く地紙売りなどもあるが、今では死語になった。

加倉井秋をの一句は、昭和三十五年の夏の作だから、「下谷」から既に江戸情緒は消えて、毒消売りの風姿も大分変わっていたかも知れない。が、かつての下谷の周辺を今歩くと、それら物売りの到来を待っていた、下谷区と浅草区が一緒になって台東区になる以前の風情が、ここかしこに残っている。

邪魔になる手荷物を、商品の毒消しと一緒に風呂敷にひと括りにし、手にするのは洋傘の一本だけ。片陰を拾いながらの例の売り声には、どこか哀愁が漂う。「抱く」の表現には優しさがあるが、「なし」と否定することで舞台は暗転する。

「下谷風景」として発表した十句の中の一句。

秋をは、明治四十二年生まれで、東京美術学校（東京芸大）の建築科を出た、ぱりぱりの建築デザイナーだった。しかし、その仕事だけでは満たし得ない表現意欲を俳句に求めたところは、彫刻家で詩人でもあった高村光太郎と似ているかも知れない。

↑一歩路地を入ると寺が多く、光明寺の裏には通りの賑わいをよそに、石仏がひっそりとたつ。

↓下谷の長遠寺には「踊塚」があり、その脇に四世芝翫の踊りの句碑がある。

↓近くの「アメ横」だけは、一年中賑わっている。

↑上杉謙信の娘・八重垣姫と、武田勝頼の悲恋を描いた『本朝二十四孝』の「狐火の段」の狐火の像。(中央)

母の忌を旅に在りけり閑古鳥

上田五千石

いつものことだが、諏訪にやって来て必ず呟くのが、上田五千石のこの一句である。五千石は、母・けさを昭和五十二年六月二十三日に見送っている。この一句はその日から二年後の祥月命日でもある日に詠まれている。常識的には二年後だから三回忌の日に当たるわけだが、心ならずも仏の傍らに仕えていられない不甲斐なさを、自らに呟いたに違いない。人付き合いのよい五千石は、親しい結社「夏炉」の三五〇号記念の祝賀会に出るためここ下諏訪にやって来て、この一句を物した後、霧が峰に遊んでいる。

私がこの一句を呟くのは、諏訪湖が一望に見渡せる高台にある温泉寺の師の墓前に立つ時である。師とは、大学の三年生から四年生にかけて文章術の師として仕えた評論家の高木健夫のことである。私のように書生として仕えた者と、当時マスコミで活躍中の青木雨彦のような人材が一緒になって「高見会」なる勉強会が出来た。飛ぶ鳥を落とす勢いの評論家・大宅壮一の膝下に集まって出来た大宅塾への対抗意識が会員にはあった。

↑こんな川が諏訪湖には何本も注ぎ湖を養う。

晩年の高木師の仕事場は、専ら諏訪湖畔の旅館の一室と、隣の原村の八ヶ嶽山麓に建てた山荘だった。その縁があって、二十三年前に亡くなった折、温泉寺のもっとも見晴らしのよい場所に墓所をしつらえた。碑面には自らの文字で「みすずかるすはのみづうみ光りつつ風に歌へよわれの鎮魂歌《レキエム》」と、自らの歌が刻まれてある。「俺の墓前で酒を飲んでくれ」の遺言通り、墓前には一坪ほどの空間があって、代わる代わる墓に酒を注いだあと、各々が酒を口に含むことにしている。今年の高見会は祥月命日に遅れること八日の六月十五日に行った。会員の大半はもうこの世にいない。

さて五千石の一句だが、当然のことながら芭蕉の「うきわれを淋しがらせよかんこどり」を下敷きに置いていよう。『奥の細道』の長旅を終えた芭蕉は、伊勢長島の大智院に宿って疲れを癒やすが、その時出来たのがこの一句。芭蕉もこの句を案ずるに、西行の「山里にたれをまたこは呼子鳥《よぶこどり》ひとりのみこそ住まんと思ふに」の孤心を置く。芭蕉が西行を思いめぐらしながら孤心を高めていくのと同様に、五千石もまた芭蕉に添うことで、芭蕉の孤心に届こうとする。ついでながら、私も五千石の句に唱和することで、師の孤心に近づいたような気がしてくる。

↓洋風建築の片倉館の千人風呂には、朝から大勢の市民がやって来る。

秋の淡海《おうみ》かすみ誰にもたよりせず

森　澄雄

昭和四十七年の夏休みを、森澄雄は、師の加藤楸邨に誘われて、シルクロードへ旅立った。一行は総勢十五人だった。ハバロフスクからイルクーツクへ抜け、ここから天山山脈の麓のアルマ・アタに入り、タシュケントの美術館、サマルカンドの古代遺跡などを見て、ブハラからハバロフスクへ戻る二週間の旅程だった。

土屋文明らと共に大本営報道部嘱託として昭和十九年の夏、シルクロード近くまで足をのばしている楸邨の作句意欲は旺盛だったが、澄雄はこの旅の作品を一句も残していない。

ただ、旅の一夜の床上に、芭蕉の、

行春を近江の人と惜しみける

の一句が突然浮かんだと言う。

この辺の謎解きを澄雄は、一年後、自らの雑誌「杉」に、こんなふうに書く。

「シルクロードの旅を歩きながら、しきりにこの芭蕉の一句が想い出されていたのは、中央アジアと近江と、全く風土も歴史も、その性格も規模も違うが、あるはるかなものの悠久の思いであろう。（中略）この一句のもつ優しさとなつかしさは、古来、春を愛し、行春を惜しんできた日本人の心の、これからもつづくはるかな思いであろう。

←「秋の淡海」の句碑は、一休修養の地・祥瑞寺の、苔の美しい庭に建つ。

いわば、そうした日本文化の伝統がここにその総体としてあるからである」
帰国して一息入れた澄雄は、シルクロードの啓示後初の一歩を近江に印している。「淡海恋い」の始まりである。十月には彦根から竹生島を経て近江舞子に渡り、堅田に一泊、翌日は義仲寺に詣でた。その帰りの電車のつり革につかまりながら、「胸からつぶやきがのぼるように、この一句が浮かんだ」（自句自解）と言う。そして、

「やや心の飢えを終息させる思いがあった」（同）とも言う。

この句碑は、堅田の一休修養の寺「祥瑞寺」の境内にある。周りからの勧めにも、句碑建立をかたくなに固辞してきた澄雄だったが、昭和六十三年に急逝したアキ子夫人の供養ということで、やっと首を縦に振った。この寺には、元禄三年（一六九〇）、この寺を訪れた芭蕉の、

朝茶飲む僧静かなり菊の花

の句碑も建つ。

その後、私は、澄雄父子と京都から祥瑞寺に足をのばしたが、盛りの紅葉の中に、澄雄が「たよりせず」と呟いた孤心をつぶさに見た思いがしきりにした。

←堅田の浮御堂から見渡す琵琶湖は秋のそれぞれの「顔」を見せる。

←祥瑞寺を訪れた折の森澄雄。

↓祥瑞寺の奥まったところに、芭蕉の句碑はある。

秋場所や今日は彼岸の回向院《えこういん》

水原秋櫻子

有名な江戸の振袖火事は、今から三百三十八年前の明暦三年（一六五七）に起き、市中の六割を焼き尽くし、十万人以上の尊い命を奪った。亡くなった人の大半が身許の分からない人だったから、江戸幕府は、隅田川の東岸に「万人塚」を設け、手厚く葬った。これが回向院の開設である。だから、当時の寺の正式の呼び名も「諸宗山無縁寺回向院」と言っていた。

この回向院境内で相撲が行われていたことは、案外知られていない。最初の勧進相撲は明和五年（一七六八）だが、下って天保四年（一八三三）から、回向院の定場所は春秋二回の興行となり、明治四十二年に旧両国国技館が完成するまで七十六年間、〝回向院場所〟は続いた。

そのゆかりの「力塚」が参道の、とっつきの左手にそびえている。大相撲がこの地を去るに当たって、歴代の年寄の慰霊のため建てられたこの塚には、新弟子たちが力を授かるために毎年祈願に訪れる。墓

↑歴代の年寄の慰霊のため建てられた「力塚」には、時々新弟子がお参りにやって来る。

↑回向院は、現在の両国国技館から200メートルほどのところにある。

所には、明治の横綱・待乳山楯之丞の墓があったり、呼出先祖代々之墓もある。

　水原秋櫻子は、明治二十五年生まれだから、子どものころ、回向院の場所をよく見たのだろう。自句自解に、こんな風なことを書いている。

「私は、この（回向院の＝筆者注）小屋掛けから旧国技館に移る頃、よく見に行った。はじめは市街電車もないので、神田の家を暁の五時頃に出て、両国まで歩いて行くのである。土俵の上はまだ前角力で、がら空きだから、子供達は、土俵のすぐ下に入れてもらえた。こうして午後五時頃まで、夢中になって見つづけているのであった」

　こう書いた後に秋櫻子は、「今の角力ファンの大半は、回向院などというものを知らないであろうが……」とも付け加える。

　この一句の発表は昭和三十四年だから、大方の人は、秋場所のころが、秋の彼岸なので、何気なく回向院の周辺の人混みを想像したかも知れない。また、現在の両国国技館がＪＲの両国駅をはさんで回向院から二百メートルほどのところにあるため、この一句の意味はこんなところでイメージを結ぶかもしれない。

　年六回行われる大相撲の秋場所も、相撲協会の正式の呼び名は「九月場所」。しかし、「九月場所」では、触れ太鼓も聞こえなく、幟もはためかない。

↑塩地蔵（右）や家畜供養塔（中央）も、今では近代的な建物群にかこまれている。

←明治の横綱・待乳山の墓や呼出先祖代々之墓など、相撲ゆかりのものが多い。

↓水子塚には、たくさんの風車が飾られ、秋風を終日もらっていた。

蚯蚓《みみず》鳴く六波羅《ろくはら》蜜寺《みつじ》しんのやみ

川端　茅舎

河井寛次郎記念館で秋の一刻を過ごす旅だったが、その先わずかの六波羅蜜寺へ足を運んだ。茅舎には「蚯蚓鳴く」の句が数句あって、「蚯蚓鳴く御像は盲させ給ふ」「蚯蚓鳴く人の子寝まる草の庵」「蚯蚓鳴くうはの空踏む闇路かな」――と、「蚯蚓鳴く」の季語が、どれも「闇」のイメージと合わされているところに興味があった。

↑多くの歴史を刻んだ六波羅蜜寺の本堂。

←「阿古屋の琴責め」で知られる阿古屋塚は鎌倉時代に建立された。

空也上人建立の、真言宗智山派のこの寺は、京都では当たり前の、何の変哲もない路地脇にあったが、「真言」「六波羅」の言葉に、どこか緊張を覚える風情があった。

鎌倉時代に、尾張から加賀以西の政務、裁判を仕切る役所・六波羅探題が置かれたことも、真言密教への思いも、どこか「蚯蚓鳴く」から茅舎が引き出した「闇」のイメージと無縁ではないように思えてくる。

蚯蚓には発声器官がないから、鳴くはずはないのだが、日本人はなぜかこの鳴き声に昔からこだわってきた。例えば『本朝食鑑』には、「雨ならんと欲するときは先づ出づ、晴れんと欲するときは夜鳴く」とあり、ご丁寧に『重訂本草綱目啓蒙』に至っては「其声長くひきて間断なし」とまで書いている。

蚯蚓鳴くとは、実は螻蛄《けら》が鳴くことだと分かっていても、俳人は、この蚯蚓鳴くの空想に加担してきた。だからこそ、蚯蚓鳴くの思いの中から、虚の声をさまざまに聞いてきたのかもしれない。同じ発想で、「蓑虫鳴く」「亀鳴く」「われから鳴く」「田螺《たにし》鳴く」といった具合に、本来鳴くはずのないものの声に耳を傾け、そこに俳諧のおかしみをも点じようとしてきた。

六波羅蜜寺の阿古屋塚にも参拝した。平家の残党、悪七兵衛、実は平景清の行方を追っていた代官の畠山重忠は、五条坂に住む白拍子、阿古屋をとらえた。景清の居所を承知しているとにらんだ重忠は、阿古屋に三味線、琴などを弾かせるのだが、その調べには一点の乱れもなく、彼女を釈放することになる。これが浄瑠璃の「壇ノ浦兜軍記」の三段目の「阿古屋の琴責め」に出てくる場面である。

この作品を発表したころから茅舎は、「客観写生」をさらに一歩進めて、主観的な叙法がふえ、「内心観照」へと進んで行く。

発表の『川端茅舎句集』でも、六波羅蜜寺の「蜜」の表記は「密」になっているが、事実に則してここでは「蜜」とした。


↓六波羅蜜寺近くの三年坂には、清水寺の参拝客が多く見られる。

←姨捨山（冠着山）の山裾は千曲川に向かってなだれ、田毎の月の名所となっている。

千枚田積み上げし上枯《かれ》部《ぶ》落《らく》

矢島 渚男《なぎさお》

松尾芭蕉の『更科紀行』は、信州・更科の姨捨山《うばすてやま》の月を見ようと、弟子の越智越人《えつじん》を伴って出かけた紀行文である。一行は目指す姨捨山で、十五夜、十六夜、十七夜と三晩も名月を眺めることが出来た。

いさよひもまださらしなの郡《こおり》哉《かな》

と、芭蕉が十六夜の月を賞でれば、越人も

さらしなや三《み》よさの月見雲もなし

と、三晩とも雲がなくてよかったですね、と唱和する。ここが『更科紀行』のクライマックス。

姨捨山の名は、同地に伝わる姨捨て説話による。この地に住む男が、親代わりの姨を山に置いて逃げ帰るが、折からの名月に改悛《かいしゅん》の情に耐えかねて、翌朝連れ帰る——いわゆる棄老伝説である。

この伝説は、『大和物語』や『今昔物語』、能の『姨捨』にも取り上げられて、日本人には古くから有名な説話。

姨捨山は現在の冠着山《かむりき》で、山裾が千曲川に向かっ

てゆるやかになだれ、その斜面に作られた田圃が〃田毎の月〃で有名な千枚田である。もっとも千枚田とは言え、今の田は四十八枚しかない。能登の千枚田に比べれば、規模も風情も違うが、それでも、山国・信州の先人達が、知恵の限りを尽くして耕した千枚田には、今もなお生活のにおいが、不思議と残っている。

与謝蕪村をはじめ、地元の加舎白雄《かやしらお》など近世俳人の研究で知られる矢島渚男は、姨捨からほど近い丸子町の在住だから、もちろん姨捨伝説も、『更科紀行』による芭蕉一行の来訪も、ふるさとのこととして熟知している。姨捨山の高みから千枚田を見下ろす作者の目に、それがどう映ったかにも興味がある。

初冬の一日この付近を散策してみたが、姨捨の芭蕉ゆかりの長楽寺にも、小布施の小林一茶の蛙合戦で有名な岩松院にも、ほとんど人影を見ず、ただ悠久の時間の流れだけが漂っているのを感じた。

←小布施の岩松院の池。この池で春になると〃蛙合戦〃が行われる。

あとがき

ここに取り上げた名句五十三句は、私が日頃口遊《くちずさ》む秀吟の一部である。これらを呟くことで、一種安心《あんじん》の世界を自らの中に展げることができた。そこがまた名句の名句たる由縁なのかも知れない。さらに、その名句の生まれた現場に立ち、作者の愉悦を共有したいとも長い間思い続けてきたが、勤めの厳しさからそれも適わなかった。

定年も近い頃、私の勤める新聞社から、傍系の文化センターに出向を命じられた。幸いその職場には月刊の「カルチャー・ライフ」と呼ぶ機関誌があって、「名句のふるさと」なる頁を私はもらった。ここに再録した五十三句の大方は、これに掲載したものである。そして、写真も自分で撮ってこいというのである。

当時のカラー印刷はまだ遅れていたから、発行月の二月前に写真は入稿しなければならない。急に桜の名句を思い立っても、花の開花を待ったのでは、二月遅れの六月号になってしまう。この一集では、俳句の季節と写真の季節に、残念ながらズレが生じてしまっている。

もう一つ工夫したのが俳句と写真の取り合わせだったかも知れない。俳句にベタ付きの写真は避け、発句に脇句を付ける呼吸でやや離して写真は撮った。

文中に出てくる年月日や肩書等の表記は、敢えて書いた当時のものので押し通した。

出版の労は飯塚書店に執っていただいた。中でもかつての版元からの写真の返却がなかったり、写真はあっても、長い年月から退色したりしていて、ことのほかご迷惑をおかけした。ありがたいことである。

また、「カルチャー・ライフ」に辛抱強く連載を許してくれた、かつてのスタッフ、森真民さんと市川昭二さんにも、この場を借り併せてお礼を申し上げたい。

平成二十二年　立春

榎本好宏

榎本好宏（えのもと・よしひろ）

俳人。昭和12年東京都生まれ。

昭和45年、「杉」創刊に参画、森澄雄に師事、同49年より18年余編集長を歴任。現在「杉」同人、「會津」雑詠欄選者、「件」同人、読売新聞地方版選者。

句集に『寄竹』『素声』『方寸』『四序』『三遠』『奥会津珊々』『会景』『祭詩』など、著書に『森澄雄とともに』『俳句この豊かなるもの』『俳句入門』『季語語源成り立ち辞典』『季語の来歴』『江戸期の俳人たち』『食いしん坊歳時記』『六歳の見た戦争 アッツ島遺児の記憶』など。

俳人協会、日本文藝家協会、日本エッセイスト・クラブ、日本地名研究所各会員。

平成22年2月、句集『祭詩』にて第49回俳人協会賞受賞。

名句のふるさと

2010年3月10日　第1刷発行

著　者　榎本好宏
編　集　星野慶子スタジオ
装　幀　片岡忠彦（niji-sora graphics）
発行者　飯塚行男
印刷・製本　シナノパブリッシングプレス

発行所　**株式会社　飯塚書店**
〒112-0002　東京都文京区小石川5-16-4
ＴＥＬ　03-3815-3805　ＦＡＸ　03-3815-3810
http://www.izbooks.co.jp　振替00130-6-13014

　ISBN978-4-7522-2057-2